Langenscheidt
Caught in the Same Boat – Gefangen im selben Boot

von Bernhard Hagemann

Langenscheidt

Lektorat: Marion Schweizer
Englischsprachiges Lektorat: Charlotte Collins
Korrektorat: Beate Stern
Umschlaggestaltung: Anette Kannenberg

Mit speziellem Dank an
Friedrich Wollweber und Monica Schreml
für Rettung aus Seenot

Manche Personen in dieser Geschichte sprechen amerikanisches Englisch. Unbekannte Wörter, die nur in Amerika benutzt werden, sind in den Vokabelangaben mit *(AE)* gekennzeichnet.
Außerdem sind umgangssprachliche Wörter mit *(ugs.)* und Slangwörter mit *(Slang)* gekennzeichnet.

www.krimis-fuer-kids.de
www.langenscheidt.com

1. Auflage 2021

Satz: digraf.pl
Druck: Multiprint GmbH, Kostinbrod

ISBN 978-3-12-563460-2

Inhalt

Fertig zur Jungfernfahrt 5
Mit Schwimmweste und Pistole 26
Flaute 44
Kein Entkommen 59
Jetzt oder nie! 71
Die Wende 87
Umzingelt 98
Sturmwarnung 108
Mast- und Schotbruch 120
Kopfsprung 133

Kleines Seglerlexikon 141

Warum denn zweisprachig?

Vielleicht haben Sie sich gefragt, warum Langenscheidt zweisprachige Lektüren für Kinder anbietet? Schließlich vertreten doch Pädagogen die Meinung, dass Schüler beim einsprachigen Unterricht am meisten lernen.
Was für den Schulunterricht richtig ist, gilt nicht unbedingt für Lektüren. Stellen Sie sich einmal vor, Ihr Kind lernt erst seit zwei oder drei Jahren Englisch und soll einen rein englischen Text lesen: Ein einfacher Text wird inhaltlich für Ihr Kind eher langweilig sein, weil man mit wenigen Vokabeln eben noch keine spannende Geschichte erzählen kann. Interessante Texte hingegen sind oft vom Vokabular und der Grammatik zu schwierig, sodass Ihr Kind nicht mitkommt. Um Englisch für Ihr Kind leichter und spannender zu machen, sind unsere Lektüren daher zweisprachig.
Hauptfiguren unserer Lektüren sind immer deutsche Kinder, die aus einem bestimmten Grund mit der englischen Sprache konfrontiert werden, sie im Zusammenhang mit ihren Erlebnissen lernen und dabei durchaus auch Schwierigkeiten haben.
Die altersgerechte, fesselnde Handlung wird – aus der Perspektive der Hauptfiguren – auf Deutsch erzählt. Wenn diese sich aber mit englischen Kindern unterhalten, müssen sie natürlich Englisch sprechen. Die Dialoge sind daher auf Englisch.
Durch die Zweisprachigkeit wird Ihr Kind auf seinem Niveau abgeholt. Die Erfolgserlebnisse steigern die Motivation, wodurch wiederum das Lernen der neuen Wörter und Wendungen erleichtert wird.
Von all diesen Überlegungen bekommt Ihr Kind aber nichts mit. Es liest die Lektüre einfach mit Spaß und lernt ganz nebenbei, dass Englisch gar nicht so schwer ist.

Fertig zur Jungfernfahrt

Eigentlich wollte Pete nicht mit aufs Land. Er konnte sich Aufregenderes vorstellen, als sich irgendwo in der Nähe des Chiemsees mit seinen Eltern in den Garten der Jacksons zu setzen und den ganzen Nachmittag auf die nahen Berge zu glotzen, nur um festzustellen, ob auf dem einen oder anderen Gipfel immer noch Schnee liegt. Nichts gegen die Jacksons, die sind ganz okay, aber diese 'gemütlichen' Sonntagnachmittage waren einfach öde und Pete hatte keine Lust dazu.

Petes Eltern stammen aus London, die Jacksons dagegen sind Amerikaner. Das heißt, eigentlich nur Mr. Jackson. Er hat früher im ***Recreation Center*** gearbeitet, das die US-Army lange Jahre am Chiemsee unterhielt, damit sich die GIs erholen konnten. Frau Jackson ist Deutsche und stammt aus Prien. Sie und Herr Jackson haben sich auf der Herreninsel kennengelernt und bald darauf geheiratet. Als das *Recreation Center* irgendwann zumachte, ist die Familie Jackson am Chiemsee geblieben. Vor einem halben Jahr hat Mr. Jackson in der Nähe von Gstadt ein leer stehendes altes Gasthaus gefunden, das er zurzeit zu einem Ausflugslokal umbaut, der 'Jackson-Alm'.

---

recreation center Freizeitzentrum

Nein, Pete wollte nicht mit. Er wollte mit seinen Freunden in den Englischen Garten und dort den Fußball rollen lassen. Gemeinsame Ausflüge mit den Eltern sind etwas für Kleinkinder. Er ist schließlich schon dreizehn fast vierzehn das ist unter seiner Würde.

Aber dann erwähnte sein Vater das Segelboot, das Scott, der neunzehnjährige Sohn der Jacksons, ganz allein im Garten gebaut hat und mit dem er an diesem Wochenende zur Jungfernfahrt aufbrechen will.

"I'd imagine that Scott could use some help if he's going sailing", hat sein Vater gesagt.

Ein Segelboot! Das ist schon etwas anderes, als mit langweiligen Erwachsenen bei Kaffee und Kuchen das Alpenpanorama genießen zu müssen.

"Really?", hakte Pete nach. "He's got a **sailing boat**?"

Pete liebt Boote, er liebt alles, was vom Wind auf dem Wasser bewegt wird, er ist ein begeisterter Surfer und am Ammersee ist er oft mit seinem Onkel auf einem Katamaran unterwegs.

Und jetzt sitzt Pete hinten bei seinen Eltern im Auto und lässt seine Blicke über die Felder schweifen, die draußen an ihm vorbeiziehen. An den Englischen Garten und den Fußball verschwendet er keinen Gedanken mehr.

---

sailing boat Segelboot

"You're going to **have a blast**!", sagt vorne sein Vater mit Blick in den Innenspiegel. "Scott **has** sailing **in** his **blood**. You'll learn a lot from him. He was even on the *Sir Winston Churchill* for two weeks once – you know, that huge **three-masted schooner**."
"Really?", staunt Pete. "He was on the *Sir Winston Churchill*? Cool!"
Weit ist es nicht mehr. Auf der rechten Seite blitzen schon immer wieder grell die Reflexe des Wassers durch die Bäume und Sträucher am Ufer.
Wenige Minuten später kommen sie nach Gstadt, dem kleinen, malerischen Ort, der sich mit seinen Häusern bis dicht ans Ufer drängt. Von hier ist es nicht weit zur Fraueninsel, die vor der Kulisse der Berge aus dem Wasser ragt. Eine Postkartenidylle, die Petes Eltern vorne vor Begeisterung aufseufzen lässt.
"Look how beautiful the Fraueninsel is, just sitting there in the water!", schwärmt seine Mutter.
"And the mountains behind it!", ergänzt sein Vater. "And the weather's perfect! The Fraueninsel looks so **close**, **as if** you could just swim over to it."

---

to have a blast *(AE, ugs.)* einen Riesenspaß haben
to have sth in one's blood etw im Blut haben
three-masted schooner Dreimastschoner
close nah
as if als ob

Pete lässt der Anblick allerdings ziemlich kalt. Was kümmern ihn die Berge?
Zwei scharfe Kurven und die Straße führt wieder aus dem Ort hinaus. Ein Stück durch den Wald, der bis ans Ufer reicht, noch ein wenig zwischen saftigen Wiesen hindurch und schon biegen sie links in eine schmale Straße ein, die in ein kleines Dorf führt, in dem die Jacksons in einem alten umgebauten Bauernhof wohnen. Die zukünftige 'Jackson-Alm' liegt einen Ort weiter.
Petes Vater parkt das Auto auf dem Vorplatz zwischen einem Blumenbeet und einer Rosenhecke. Das Bauernhaus sieht aus wie aus dem Bilderbuch, mit Geranienkästen am Balkon, bunt bemalten Fensterläden und einem Wetterhahn auf dem Dach.
Alles schön und gut, aber wo ist das Boot?, denkt Pete.
"Look at the front garden!" Petes Mutter ist immer wieder begeistert vom Jacksonschen Anwesen, vom Landleben, der Ruhe und überhaupt. "It must be wonderful to live in the country. So much space, and everything **in bloom**!"
"Yes!", stimmt Petes Vater zu. "And Dick**'s restored** the house in the original style. Doesn't it look great?"
Die Holztür des alten Bauernhauses geht auf und mit freudestrahlendem Gesicht kommt Mrs. Jackson auf

---

to be in bloom blühen
to restore restaurieren

sie zu, eine große, schlanke Frau mit schwarzen, kurz geschnittenen Haaren.
"You're here!", ruft sie und breitet die Arme aus. "Oh, I'm so glad! Hello Sarah, hello Jonathan, hello Pete!"
"Hello, Klara!"
Petes Mutter geht mit ausgestreckten Armen auf Mrs. Jackson zu und Pete beobachtet, wie sich die beiden in die Arme fallen, bevor Mrs. Jackson seinen Vater begrüßt und schließlich ihn selber.
"You're a young man now!", staunt sie über Petes Größe. "The last time I saw him, he was only …" Sie nimmt Maß und hält ihre Handfläche gerade mal einen Meter über der Erde. Völlig übertrieben, auch wenn vielleicht ein kleines Körnchen Wahrheit dran ist. Pete war lange Zeit viel zu klein, aber dann ist er doch noch in die Höhe geschossen. Endlich nicht mehr der Klassenzwerg.
"My men are **out the back**!", sagt Mrs. Jackson. "Come on!"
Sie führt sie hinters Haus, vorbei an einem kleinen Hasenstall und einem großen Holzschuppen.
Hinter dem Haus ist zwar auch keine Spur von einem Schiff zu sehen, aber hier ist es gebaut worden. Eindeutig. Drei riesige Böcke, die es getragen haben, viel Holz, Baumaterial, jede Menge Werkzeug und

---

out the back hinterm Haus

eine große, zusammengerollte Plane. Und an der Wand im Schutz eines Dachvorsprungs eine große Skizze.

Scott und Mr. Jackson entdeckt Pete ein paar Meter weiter auf einer kurz gemähten Wiese. Sie sind ein Stück voneinander entfernt und haben auf der Wiese ein großes Segel zwischen sich ausgebreitet, das sie zusammenzulegen versuchen.

"Look who's here!", ruft Mrs. Jackson. Die beiden lassen vom Segel ab und winken ihnen zu.

Nach der Begrüßung nutzt Mr. Jackson gleich die Gelegenheit, Pete einzuspannen, um mit Scott die Segel zusammenzulegen.

"I'm sure you guys will **take care of** it", sagt er mit einem Augenzwinkern in seinem breiten amerikanischen Akzent und geht mit seiner Frau und Petes Eltern wieder vors Haus.

"Where's the boat?", fragt Pete, während er sich von Scott in die Geheimnisse des Segelzusammenlegens einweisen lässt.

Scott ist groß, kräftig, sein Haar blond und lang, und wenn er sich bewegt, straffen sich seine Muskeln unter sonnengebräunter Haut. Ein echter Surfertyp, wie gemacht für das Leben auf dem Wasser.

---

to take care of sth sich um etw kümmern

"She's already on the water", antwortet er Pete. "My father and I took her to the lake yesterday. It was **pretty** hard **putting up** the mast, but we did it."
"And you really haven't sailed in her yet?"
"**Nope**!" Scott grinst. "**Not yet**. Today is her **maiden voyage**. It's great that you're here – I could really use your help."
Sie falten das Großsegel vollends zu einem dicken, weißen Paket und danach machen sie dasselbe noch einmal mit dem sehr viel kleineren Vorsegel, der Fock. Sie stopfen beide in blaue Segelsäcke und schleppen sie in den Kofferraum von Scotts schäbigem VW Polo.
Kaum ist die Klappe dicht, nickt Scott Pete aufmunternd zu und sagt: "**That's about it**. I think we're **all set**. The food **supplies** are in the kitchen. Get your things, bring them over to the car and let's **hit the road**!"
"Okay!", sagt Pete.

---

pretty ziemlich
to put up aufstellen
Nope. *(Slang)* Nee.
not yet noch nicht
maiden voyage Jungfernfahrt
That's about it. Das war's so ungefähr.
all set startklar
supply Vorrat
to hit the road losfahren

Als sie auf die Vorderseite des Hauses kommen, um sich zu verabschieden, sind die Erwachsenen schon um Kaffee und Kuchen versammelt, schauen sich die Berge an, unterhalten sich angeregt darüber, auf welchem Gipfel wie viel Schnee liegt, und scheinen bester Dinge zu sein.

"We're ready to go", sagt Scott. "Ready for the maiden voyage."

"Don't you want some cake?", fragt Scotts Mutter. Scott und Pete überlegen kurz, schauen sich an und beschließen, sich noch schnell ein Stück Kuchen zu genehmigen. So viel Zeit muss sein.

"Do you have **life jackets** on board?", fragt Petes Vater. "Pete's a good swimmer, but if the wind gets too strong he should wear a life jacket."

"**Absolutely**!", stimmt Petes Mutter mit sorgenvollem Blick ein. "You must wear a life jacket. Don't wait for a storm – put it on the minute you **get on board**."

"Mum!", seufzt Pete gedehnt. "Please – it's okay! You know I'm a good swimmer. If there's a strong wind, I'll put on a life jacket. But just look at the trees!"

---

life jacket Schwimmweste
absolutely absolut
to get somewhere irgendwohin gelangen
on board an Bord

Er weist mit einem Nicken in Richtung der drei Birken, die nicht weit vom Haus stehen und deren Blätter sich in dem lauen Lüftchen kaum merklich bewegen.
"When there's almost no wind, I really don't need a life jacket."
"Don't worry", sagt Scott. "I'll **look after** Pete. And I promise if the wind **picks up** we'll both put them on."
"Well, all right, **then**", antwortet Petes Mutter, aber so ganz überzeugt scheint sie nicht zu sein.
Mr. Jackson legt ihr die Hand auf den Unterarm, tätschelt sie sanft und sagt beruhigend:
"They'll be fine. Scott will **take** good **care of** Pete. Nobody knows the lake like he does. He's out there every **spare** minute **messing about** on the water. Don't worry – Pete's in good hands."
Dann verabschieden sich die Jungen von ihren Eltern.

---

to look after sb sich um jdn kümmern
to pick up *hier:* zunehmen, stärker werden
then *hier:* also
to take care of sb auf jdn aufpassen
spare *hier:* frei
to mess about *hier:* herumschippern

"And call me tonight on your **mobile**!", sagt Petes Vater. "Or send a text so we know how it's going and where you'**ve anchored**."
"We'll **moor** in the harbour near the **yacht hotel**", sagt Scott. "I know the **harbourmaster**. He's **reserved** a space for us. Klausi's a great guy."
"Do you have everything?", fragt Mrs Jackson. "**Sleeping bags**? Food? Enough to drink? Suntan lotion? **Flashlight**? Swimming things?"
"Everything's already in the car!", sagt Scott.
"Then **good luck** on your maiden voyage. And take care of each other!"

Wenig später sitzt Pete auf dem Beifahrersitz von Scott's altem Polo. Die Fenster sind heruntergekurbelt und der Fahrtwind zerzaust ihnen die Haare. Im Radio läuft coole Musik.
Schade eigentlich, dass es so nah ist zur Bucht, wo das Boot liegt, denkt Pete. Im Augenblick hätte er gute Lust, mit Scott eine längere Autofahrt zu machen.

---

mobile Handy
to anchor ankern
to moor anlegen
yacht hotel Jachthotel
harbourmaster Hafenmeister
to reserve reservieren
sleeping bag Schlafsack
flashlight *(AE)* Taschenlampe
Good luck. Viel Glück.

Gute Musik, Sommer, Sonne und mit einem so coolen Typen wie Scott am Steuer der alten Karre unterwegs zu sein, das hat was von Freiheit und Abenteuer. Wie im Film.

Plötzlich aber wird die Musik ausgeblendet.

"Wir unterbrechen die Sendung für eine Polizeimeldung: Wie soeben gemeldet wurde, ist in Prien ein bewaffneter Raubüberfall auf eine Bank verübt worden. Die Täter, zwei maskierte Männer zwischen dreißig und vierzig Jahren, in T-Shirt und Jeans, mit amerikanischem oder englischem Akzent sprechend, flüchteten in einem blauen Passat Kombi. Die Polizei bittet um die Unterstützung der Bevölkerung. Wenn Sie die verdächtigen Personen sehen, wenden Sie sich bitte an die örtliche Polizeidienststelle in Prien. Die Polizei rät zu äußerster Vorsicht, denn die Täter sind bewaffnet!"

Scott und Pete schauen sich erstaunt an.

"Hey!", entfährt es Scott, als aus dem Radio schon wieder Musik kommt. "It's a dangerous **neighbourhood** round here."

"Yeah", entgegnet Pete. "I'm going to **keep my eyes peeled** for the **suspects**."

Scott muss lachen.

---

neighbourhood *hier:* Gegend
to keep one's eyes peeled *(ugs.)* die Augen offen halten
suspect Verdächtige(r)

"Hey!", sagt er. "You're a suspect yourself. You speak German with an English accent. And I've got a **weapon** in the **glove compartment**. We'll have to watch out if the police stop us. Just **let me do the talking**, okay? **I may** be half American, but I don't have an accent in German – **after all**, I did grow up here."

"Of course, I understand!", sagt Pete verschwörerisch und öffnet das Handschuhfach vor sich. Eine Pistole ist es nicht gerade, was er da findet, und Pete bezweifelt, dass man mit dem alten Plastikeiskratzer, den er aus dem Fach fischt, bei einem Banküberfall großen Eindruck schinden würde.

Mit einem Seitenblick bemerkt Scott, dass Pete mit dem Eiskratzer hantiert, und mimt von einer Sekunde auf die andere den Erschrockenen.

"Pete!", ruft er entsetzt und sein gehetzter Blick fliegt herum. "Be careful with that thing, it's **loaded**!"

Pete hebt die Hand und richtet den Eiskratzer mit durchgestrecktem Arm vor sich auf die Fahrbahn. Mit zusammengekniffenen Augen zielt er auf einen

---

weapon Waffe
glove compartment Handschuhfach
Let me do the talking. Überlass mir das Reden.
I may ... *hier:* Mag sein, dass ich ...
after all schließlich
loaded geladen

fernen Punkt und drückt ab. Seine Hand zuckt unter dem Rückstoß des Schusses.
"**Bang!**"
Sie lachen und Scott tritt aufs Gas, denn echte Bankräuber sind immer auf der Flucht und müssen die Polizei abschütteln.
Aber die Polizei lässt sich nicht so einfach abschütteln.
Das Herz rutscht den beiden vor Schreck in die Hose, als vor ihnen ein Polizeiauto in voller Fahrt aus dem Wald herausschießt. Mit einem Affenzahn und Blaulicht kommt es ihnen entgegen. Sofort nimmt Scott den Fuß wieder vom Gas.
"Oh, man!", entfährt es ihm. "**Things are hotting up!**"
Mit jaulendem Motor und ohrenbetäubend lautem Martinshorn rast das Polizeiauto an ihnen vorbei.
"Did you see that?", ruft Pete und dreht sich nach dem davonbrausenden Auto um. Der Schreck sitzt ihm in den Gliedern. Schnell verstaut er den Eiskratzer wieder im Handschuhfach, so als wäre der tatsächlich eine Waffe, die vor der Polizei versteckt werden muss. "I **wonder** if that has anything to do with

Bang! Peng!
Things are hotting up. Die Lage spitzt sich zu.
to wonder sich fragen

the **bank robbery**? Do you think they're **chasing** the **robbers**?"
"Looks like it", sagt Scott.
"But then they must have passed us", stellt Pete fest. "The bank robbers, I mean. Did a **suspicious** car go past? I can't remember."
"Nobody went past", sagt Scott und steuert den Polo in gemäßigtem Tempo in den Wald.
Ein paar Kurven weiter setzt Scott den Blinker und biegt von der Straße links ab, auf einen schmalen Feldweg, der sich durch die Laubbäume schlängelt und zu einer einsamen kleinen Bucht führt.
Pete sieht das Boot ein paar Meter vom Ufer entfernt im Wasser vertäut an einer Boje schaukeln. Ein freudiger kleiner Schauer läuft ihm über den Rücken.
Es ist zwar nicht die *Sir Winston Churchill*, die da vor ihnen liegt, aber es ist ein richtiges, echtes Schiff, ganz aus Holz, mit Bullaugen und einem weiß lackierten Decksaufbau. Es ist wunderschön.
"There she is", sagt Scott, nicht ohne Stolz in der Stimme. "The *Jackson One*!"
"And you **built** her **all by yourself**?", staunt Pete.

---

bank robbery Bankraub
to chase verfolgen
robber Räuber(in)
suspicious verdächtig
to build (built, built) bauen
all by oneself ganz allein

"**Yep**!", sagt Scott. "My father helped me out a little here and there, but I **designed** her, and I did most of the **building work**, too."
"**Wicked!**", schwärmt Pete und kann nicht verhindern, dass augenblicklich seine Fantasie mit ihm durchgeht. Für Sekunden ist er alleine mit dem Boot in der Südsee in einer lang gezogenen Bucht unter Palmen. Delfine und Haie umkreisen das Boot. Aus der Ferne nähern sich Ureinwohner in ihren Auslegerbooten, Speere in den Händen, auf deren Spitzen frisch erlegte Fische zappeln, die auf dem Lagerfeuer am Strand gegrillt werden sollen.
Aber auch dieser Platz hier gefällt Pete. Der Chiemsee ist zwar nicht die Karibik, aber für eine Jungfernfahrt auch nicht zu verachten. Vielleicht sogar besser, zumindest ist man hier vor Piraten sicher.
"The boat's called the *Jackson One*?", fragt er noch einmal nach.
"Yeah", antwortet Scott. "I couldn't think of anything really cool. I thought *Jackson One* was good **for starters**. Maybe one day there'll be a *Jackson Two* as well!"
"And we can just get in and go?", fragt Pete aufgeregt.

---

yep *(ugs.)* ja
to design entwerfen
building work Bauarbeiten
Wicked! *(Slang)* Geil!, Abgefahren!
for starters für den Anfang

"Yep!", antwortet Scott. "There are a few little things we still have to do, **technical** details, but I can only check them when we **try out** the boat. And I still have to write the name on the **bow**, but there's time for that later."
"This is a great place!", sagt Pete zu Scott, als sie aus dem Auto steigen. "You'd never know from the road that it was here."
"Yeah", antwortet Scott. "There's nobody around for miles. The farmer who owns this land is letting me moor the boat here, which is great. The chances of getting a **mooring** on the Chiemsee are just about **nil**, and if you do you have to pay a lot of money for it. But it's **not exactly** legal here. I may have to **come up with** another plan."
Sie gehen ans Ufer und Petes Fantasie führt ihn noch mal kurz in die ferne Karibikbucht. Die Laubbäume werden zum Palmenwald, die groben Chiemseekiesel zu feinem weißem Sand …
"Come on!", sagt neben ihm Scott und klopft ihm aufmunternd auf die Schultern. "Let's put on our

---

technical technisch
to try out ausprobieren
bow Bug
mooring Liegeplatz
nil Null
not exactly nicht gerade
to come up with sth sich etw ausdenken

swimming trunks and take our things on board. Then we'll **push off**. I can't wait."
Er wirft einen kurzen Blick hinauf in die Baumkronen. "There's a nice little **breeze**. Perfect sailing weather."
"Okay", sagt Pete. "Let's go."
Er freut sich wie verrückt auf die Segeltour. Sie gehen zurück zum Auto, Pete schlüpft in seine Badehose und dann beginnen sie, ihr Gepäck, die Segelsäcke und den Proviant an Bord zu schaffen. Das Ufer fällt hier flach ab und Pete und Scott müssen ungefähr zehn Meter durchs Wasser waten, bis sie ans sanft vor sich hindümpelnde Boot gelangen. Richtig tief ist es hier immer noch nicht. Pete reicht das Wasser gerade mal bis zur Badehose.
"It's a **centre board boat**!", erklärt ihm Scott. "You can sail all the way up to the **shore** with it. If it had a **keel**, it would have to stay **further** out. With this one, you can pull up the **fin manually**."

---

swimming trunks *(Pl)* Badehose
to push off ablegen
breeze Brise
centre board boat Schwertboot
shore Ufer
keel Kiel
further weiter
fin *hier:* Schwert
manually von Hand

Nach zwanzig Minuten ist es geschafft. Der Proviant ist in der Kajüte verstaut, Rucksäcke und Schlafsäcke ebenfalls. Die Segel sind an Deck ausgelegt, damit man sie 'anschlagen' kann, wie es in der Seglersprache heißt. Dafür müssen sie in die Schiene am Mast eingeführt und am Fall befestigt werden, um sie dann nach oben zu ziehen.
Während sich Pete mit dem Vorsegel beschäftigt und es mit den Ösen in den Vorstag einfädelt, geht Scott noch einmal zurück an Land, um das Auto abzuschließen.
Pete hat gerade seine Schwierigkeiten mit einer der Ösen, als er an Land ein Auto näher kommen hört. Dann Türenschlagen und Äste, die unter hektischen Schritten knacken. Kurz darauf Männerstimmen, verhalten, nicht laut, aber in einem scharfen Ton.
Noch bevor Pete die Männer sehen kann, fährt ihm der Schreck in die Glieder. Schlagartig ahnt er, dass es heute wohl keinen friedlichen Segelausflug geben wird. Er umklammert das Vorsegel am Bug des Schiffs und starrt auf zwei Männer. Einer von ihnen hat eine rote Sporttasche in den Händen und der andere eine Pistole, die er auf Scott richtet.
Die Bankräuber, wer sonst. **Shit**!
"Come on, move!", zischt der Kleinere der beiden und fuchtelt unruhig mit der Pistole unter Scotts

---

Shit! *(ugs.)* Scheiße!

Nase herum. Dann schubst er ihn mit der anderen Hand durchs Wasser vor sich her, bis sie alle drei das Boot erreichen.
"Hallo! Du bleibst ganz ruhig, dann passiert dir nichts", sagt der Größere mit der Tasche mit unüberhörbarem amerikanischem Akzent zu Pete. "Wir wollen uns nur das Boot ausleihen. Weil wir dringend aufs Wasser müssen. Wer von euch ist der Skipper?"
Pete deutet wortlos auf Scott.
"Okay, ihr kommt beide mit an Bord, nicht dass einer noch die Polizei informiert."
Flucht zwecklos, ist Petes erster Gedanke und er ist sicher, dass Scott das Gleiche denkt. Was sollten sie auch tun? Die Typen haben eine Pistole und sie nur einen alten Eiskratzer. Und der liegt außerdem im Handschuhfach.
Scott blickt resigniert erst zu Pete, dann zu den beiden Männern und klettert schließlich schicksalsergeben ins Boot. Die Bankräuber kommen hinterher.
"Los, ablegen, aber schnell!", befielt der Größere mit der Tasche.
Pete und Scott stehen wie angewurzelt.
"Didn't you hear me? **Hurry up!**", sagt der mit der Waffe.

Hurry up! Beeil dich!, Beeilt euch!

"Pete!", sagt Scott mit gepresster Stimme. "Are you ready?"
"Okay!", sagt Pete und versucht, mutig zu klingen.
"Okay. Please could you **untie** the **rope** at the front."
"Oh!", staunt da der Kleinere der beiden mit der Pistole in den Händen. "They speak English. Lucky for us."
"Americans?", fragt der Größere, der sich mit der Sporttasche auf den Knien neben die Ruderpinne auf die Bank gesetzt hat.
"Are you hurrying, kid?", faucht der Kleinere.
Pete hat jetzt ziemliche Angst, und den Knoten zu lösen, damit das Boot von der Boje freikommt, ist alles andere als eine leichte Aufgabe. Seine Hände zittern und er braucht dafür seine ganze Konzentration.
"Pete's English", antwortet Scott. Er holt unter der Bank das Paddel hervor und beginnt das Boot mit kräftigen Stößen aus dem flachen Wasser zu bewegen. "I'm half American."
"Hello, **countryman**!", sagt der Kleinere. "I guess we'll **get along just fine**. **Provided** you guys don't

---

to untie losbinden
rope Seil
countryman Landsmann
to get along miteinander auskommen
just fine gut
provided vorausgesetzt

do anything stupid. If you don't, then nothing will happen to you."
"Where do you want to go?", fragt Scott.
"Just **get out** on the water!", antwortet der Größere der beiden. "We want to get out on the water!"
"What, you mean **right out** on the lake? **No way!**", flucht da der Kleinere. "You know I don't like boats!"
"Sammy – just **shut up!**"

---

to get out *hier:* rausfahren
right out ganz raus
No way! *(ugs.)* Kommt nicht in die Tüte!, Auf keinen Fall!
Shut up! *(ugs.)* Halt den Mund!

Mit Schwimmweste und Pistole

Pete sitzt wie erstarrt vorne am Bug. Tausend Gedanken gleichzeitig rasen ihm durch den Kopf. Eine SMS schicken, denkt er, jemanden am Ufer benachrichtigen.

Sein Handy aber ist in der Kajüte in seinem Rucksack. Unmöglich, da unbemerkt dranzukommen. Er denkt an Flucht. Am besten, solange sie noch in Ufernähe sind. Vielleicht sollte er einfach ins Wasser springen und so weit tauchen, wie er die Luft anhalten kann …

Nein, ausgeschlossen. Er kann Scott nicht einfach mit den beiden Kerlen an Bord im Stich lassen. Und außer Schussweite zu tauchen, das würde ihm ohnehin nicht gelingen. Eine abgefeuerte Kugel würde ihn erreichen und treffen. Auf keinen Fall will er mit einer Kugel im Kopf auf den Grund des Chiemsees sinken.

Ob sie tatsächlich schießen würden?

Pete will das gar nicht so genau wissen.

Wie gebannt starrt er nach hinten ins Cockpit, wo sich die beiden Typen neben Scott auf den zwei Holzbänken niedergelassen haben. Gehetzt und nervös schauen sie zurück ans Ufer, auf der Suche nach möglichen Verfolgern. Auf der Suche nach der Polizei.

Der Größere der beiden ist schlank und hat blonde, lockige Haare. Er trägt einen Oberlippenbart, und wäre er Pete nicht unter diesen Umständen begegnet, könnte man sagen, er hat etwas Vornehmes an sich. Etwas Feines.

Der andere ist das genaue Gegenteil. Klein, stämmig, ein dunkler Typ mit rabenschwarzen Haaren und stechenden, blassblauen Augen. Pete wäre es eindeutig lieber, wenn die Waffe in den Händen des anderen wäre.

Scott treibt mit ein paar kraftvollen Zügen das Boot aus der Bucht, dann legt er das Paddel unter eine der Bänke.

"So, now we're far enough from the shore", sagt er in einem erstaunlich ruhigen Tonfall, als wäre er der Führer einer kleinen Reisegruppe. "It's **deep** enough here to let the fin down, and we're far enough from the trees to catch the wind. I could **hoist** the **sails**. Would that be okay?"

Die beiden Männer tauschen einen kurzen Blick. In den Augen des Kleineren ist leichte Panik zu erkennen.

"Come on, Colin, don't be stupid!", sagt er in scharfem Ton. "We don't have to hoist the sails, do we? We just wanted to **get away** from the shore. Shit! How is this going to end? We're just sitting on a boat like rats in a **trap**!"

---

deep tief
to hoist hissen
sail Segel
to get away wegkommen
trap Falle

"**Calm down**, Sammy!", antwortet der Große mit einem leichten Schmunzeln auf den Lippen. "The police are **hot on our tracks**, but nobody knows we're on a boat. We're not in a trap. They won't **figure it out**."
"You know I'm a terrible swimmer", erwidert Sammy. "I don't feel safe at all in this **matchbox**. I don't want to go too far out. I want to get back on land as soon as possible."
Colin winkt ab.
"We just came from there. You saw what it was like. Police everywhere. The best thing we can do is sail across the lake as **inconspicuously** as possible."

"That's right", sagt Scott und nickt. "And if we go out on the water in this wind we should put up the sails, **otherwise** someone might notice us and think it's **odd**."
Pete kommt aus dem Staunen über Scott gar nicht mehr raus. Wie ruhig er ist. Nichts an ihm deutet darauf hin, dass er Angst hat. Er wirkt, als hätte er die Situation vollständig im Griff. Vielleicht ist es ja auch

---

to calm down sich beruhigen
to be hot on sb's tracks jdm dicht auf den Fersen sein
to figure sth out etw herausfinden
matchbox Streichholzschachtel
inconspicuously unauffällig
otherwise sonst
odd merkwürdig, seltsam

tatsächlich so. Er ist der Skipper, und wie es scheint, sind Segelboote nicht gerade das Zuhause der beiden Kriminellen. Es sieht so aus, als wären sie auf Scott verdammt angewiesen. Vielleicht gab es also doch eine Chance, sie irgendwie loszuwerden.

"Okay", sagt Sammy ergeben. "Hoist the sails, then." Und an Scott gewandt fügt er in bemüht scharfem Ton hinzu: "But we're not in a regatta, okay? We're hobby sailors, we're just having a quiet day out on the lake." Nervös fuchtelt er mit der Pistole unter Scotts Gesicht herum.

"Okay, hobby sailors", pflichtet Scott ihm bei und steht auf. "The wind is so light that we can't go fast **anyway**."

Er geht kurz in die Kajüte, um von dort aus das Schwert in die Tiefe zu lassen.

Als er wieder an Deck kommt, lächelt er und zwinkert Pete aufmunternd zu. Pete merkt, dass Scotts Souveränität ihm guttut und die Angst, die sich in ihm breitgemacht hat, etwas zurückdrängt.

"Pete, you can **raise the sail**. **You can handle that**, right?"

Pete nickt, aber es dauert eine Weile, bis er auf die Beine kommt und die zwei Schritte zum Mast macht,

---

anyway *hier:* sowieso
to raise the sail das Segel hissen
You can handle that. Du kriegst das hin.

um dort mit dem Fall das Vorsegel in die Höhe zu ziehen. Mit kräftigen Zügen und unter Einsatz seines gesamten Körpergewichts sorgt er dafür, dass sich wenig später die Fock im Wind bläht. Im Cockpit holt Scott das Segel mit der Vorschot dicht und die *Jackson One* nimmt Fahrt auf.

"Wait!", ruft er kurz vor zu Pete. "I need to help you with the **mainsail**."

Und unter den argwöhnischen Blicken von Sammy und Colin, die ihn aber gewähren lassen, verlässt er das Ruder und hangelt sich auf das Kajütendach.

"Sammy, can you take the **helm** and keep the boat on **course**?", ruft er zurück ins Cockpit, als er bemerkt, dass das Boot ausbrechen will.

"What? I'm not touching anything!", knurrt Sammy.

"I'll do it", sagt Colin, legt die rote Tasche unter die Bank und umklammert die Ruderpinne mit offensichtlich ungeübtem Griff.

"Don't **be scared**", flüstert Scott Pete zu, als sie gemeinsam das Großsegel hissen. "We'll get through this. They'**re relying on** us! They **don't have a**

---

mainsail Großsegel
helm Steuer
course Kurs
to be scared Angst haben
to rely on sb auf jdn angewiesen sein

clue, and they'**re terrified of** being out on the water."
"Hey! Have you got the sail up yet?", treibt Colin sie an.
"**Get on with it**! Shut up and do the work!", setzt Sammy nach.
"Okay! Okay!"
Scott geht nach achtern ins Cockpit, holt das Großsegel dicht, übernimmt das Ruder wieder und steuert die *Jackson One* in den Wind.
Jetzt neigt sich das Boot und gewinnt spürbar an Fahrt.
Sammys Begeisterung hält sich in Grenzen.
Pete zieht sich wortlos wieder zurück an seinen Platz ganz vorne im Bug. Allzu viele Boote sind nicht unterwegs. Ein paar andere Segler tanzen in weiter Ferne auf dem Wasser. Pete überlegt, wie er es anstellen könnte, der Besatzung auf einem der anderen Boote, falls sie näher kommen sollten, zu vermitteln, dass bei ihnen an Bord etwas nicht stimmt. Winken ist ausgeschlossen, Rauchzeichen oder Leuchtsignale ebenso und Flaschenpost dauert zu lange. Ihm ist klar, dass die Bankräuber wie die Schießhunde aufpassen würden.

---

to not have a clue keine Ahnung haben
to be terrified of sth große Angst vor etw haben
Get on with it! Macht schon!

Und als hätten sie sein Grübeln durchschaut, hört er Sammys scharfe Stimme:
"Hey, kid! Don't all you **midgets** have a **cellphone these days**? Where's yours?"
Pete zuckt zusammen. Er weiß nicht, was er darauf antworten soll. Zu gern hätte er Sammys Frage nach dem Handy verneint. Was aber, wenn die in seinem Rucksack das Handy finden würden? Es ist eingeschaltet, irgendwann würden garantiert seine Eltern anrufen und dann käme die Wahrheit ans Licht.
Nein, er will kein unnötiges Risiko eingehen. Und so nickt er jetzt und sagt: "Yes, I've got a mobile."
"Where is it?"
"Down in the **cabin**, in my rucksack."
"Aha, in the **backpack**!", antwortet Sammy und Pete fällt ein, dass Sammy ja Amerikaner ist.
"And what about the **skipper**?", wendet sich Colin an Scott. "Do you have a cellphone?"
Scott sagt, dass sein Handy ebenfalls in der Kajüte ist, aber nicht eingeschaltet.
Colin nickt.

---

midget Zwerg(in)
cellphone *(AE)* Handy
these days heutzutage
cabin Kajüte
backpack *(AE)* Rucksack
skipper Kapitän

"I'll take them", sagt er. "**Go on**, go get them!"
Er macht ein sehr ernstes Gesicht und verleiht mit einer unmissverständlichen Kopfbewegung in Richtung Kajüte seiner Forderung zusätzlich Nachdruck.
"If you can take the helm for a minute, I'll get the phones", sagt Scott. Ohne eine Antwort abzuwarten, überlässt er Colin erneut das Ruder, verschwindet kurz in der Kajüte, holt die Handys und übergibt sie Colin, der sie sich in die Hosentasche steckt.
Eine Zeit lang herrscht Ruhe an Bord. Die kleine Bugwelle, die bei der langsamen Fahrt nur leise plätschert, verursacht neben einem leichten Flattern des Vorsegels die einzigen Geräusche. Weit im Westen, hinter der Herreninsel in der Nähe von Prien, sieht Pete jetzt etliche Segelboote auftauchen, weiße Dreiecke, die unruhig über das Wasser schaukeln und anscheinend eine Regatta segeln. Davor, leicht steuerbord voraus, liegt die Fraueninsel und dahinter, zwischen Herreninsel und Fraueninsel, die Krautinsel.
Ihr Kurs aber führt sie hinaus auf den See, zwischen die Inseln und Chieming, dahin, wo der See am weitesten ist.
Während Sammy und Colin immer noch nervös hinter sich schauen, ob sich am Ufer irgendwas Verdächtiges tut, ist Scott ganz mit seinem Boot beschäf-

Go on! Macht schon!

tigt. Nach wie vor ist es für Pete erstaunlich und respekteinflößend, mit welcher Ruhe Scott bei der Sache ist. Vielleicht wirkt er auch deswegen so konzentriert, weil jetzt, wo sie Fahrt aufgenommen haben, die eigentliche Jungfernfahrt der *Jackson One* begonnen hat. Auch wenn die Umstände alles andere als günstig dafür sind. Unentwegt ist Scott mit Augen und Ohren bei seinem Schiff. Er steht kurz von seinem Ruder auf, geht an den Schlitten der Großschot, trimmt die Segel, zieht an den Schoten, geht kurz an den Mast, zieht am Fall, setzt das Segel durch.

Scott ist ein souveräner Segler, das ist nicht zu übersehen, und vielleicht ist es genau diese professionelle Art, die jetzt nötig ist, um die Situation an Bord zu entspannen, Colin und Sammy zu beruhigen und sie in Sicherheit zu wiegen.

Zumindest Colins Gesichtsausdruck lockert sich allmählich.

"**Yo**, Sammy!", sagt Colin wenig später mit einem Grinsen auf den Lippen. "Half an hour ago we didn't think we'd be having a nice day out on the water, did we?"

Sammy ist aber ganz offensichtlich nicht nach Lachen zumute. Zwar verzieht er seinen Mund zu einem Grinsen, doch es wirkt gequält und zeigt sein Unbehagen, mehr oder weniger gefangen hier in dieser

---

Yo! *(Slang)* He!

Nussschale zu sitzen. Dennoch ist auch er wesentlich gelöster und ruhiger geworden als noch bei Antritt ihrer Bootsfahrt.
“Pete, can you please **take over**?”
Auf Scotts Aufforderung klettert Pete geschickt ins Cockpit. Kaum hat er das Ruder übernommen, schwingt sich Scott, ohne lange um Erlaubnis zu bitten, mit einem raschen Schwung in die Kajüte hinunter.
Schlagartig ist die Nervosität wieder akut.
“Hey!”, schreit Sammy und fuchtelt hektisch mit der Pistole in Richtung Kajüte. “What are you doing? Get out of there **right now**!”
Scott bleibt von der Drohung anscheinend unbeeindruckt. Er bückt sich nach den Bodenbrettern, von denen er eines nach oben klappt.
“I have to see if the boat **is taking on** any water”, kommt es gedämpft nach oben.
Pete bemerkt, wie Sammy Colin fassungslos und fragend anschaut. Seine Kinnlade hängt herunter, seine Augen sind geweitet.
“What are you talking about?”, zischt er.
Auch Colin weiß offenbar nicht, was er davon halten soll. Etwas wackelig erhebt er sich von der Bank,

to take over übernehmen
right now sofort
to take on aufnehmen

wankt zur Kajütenluke und klammert sich mit beiden Händen seitlich des Niedergangs ans Kajütendach. "What do you mean, taking on water?!"
"She's a **wooden boat**!", ruft Pete aus der Kajüte. "And she's only been in the water for two days. The water might come in through some little **cracks** before the wood **swells** and closes them all. That's not unusual."
Da springt Sammy mit einer Heftigkeit auf, dass das Boot zu schwanken beginnt.
"What do you mean, two days in the water?"
"Today is her maiden voyage", antwortet Scott, nicht ohne einen gewissen Stolz in der Stimme. "I built this boat, and today's the day I **get to know** her – what she's like in the water, how she behaves in the wind, **whether** everything works like I thought it would."
"What's he talking about?", kreischt Sammy völlig panisch. "He built the boat himself? Today's the maiden voyage? And it's **leaking**? **What the hell** are we doing here? I want to get back on land!"

---

wooden boat Holzboot
crack Riss
to swell (swelled, swollen) anschwellen
to get to know kennenlernen
whether ob
to leak lecken
what the hell *(ugs.)* was zum Teufel

"Calm down!" Colin dreht sich zu Sammy um. "It's **floating**, isn't it? – You really built it yourself?", richtet er seine Worte nun wieder nach unten zu Scott. "Not bad."
"Yeah", antwortet Scott. "My father helped me a little. But I made all the plans and did most of the work at home in our garden."
"That's really cool!", entfährt es Colin, sichtlich beeindruckt, und er nimmt einen Eimer Wasser entgegen, den Scott ihm in die Hände drückt.
"Can you **tip** the water **overboard** for me?", sagt er. "Don't worry, only a little came in."
Colin nimmt den Eimer und schüttet den Inhalt über Bord.
"Hey, Sammy", sagt er nebenbei. "Scott built this boat all by himself. **Drew up** the plans and then built it. Isn't that **wild**?"
"I can think of better ways to spend my time than building a boat that leaks!"
Scott taucht wieder auf.

---

to float schwimmen
to tip kippen
overboard über Bord
to draw (drew, drawn) up entwerfen
wild *(ugs.)* verrückt

"It's only a little water! Just a little bit", sagt er mit gekränktem Stolz zu Sammy. "In a few days the boat will be **completely waterproof**."
"**How comforting**. What about before then? What about now? Are we going to sink?", will Sammy wissen. "I'm not a good swimmer!"
"No, we're not going to sink", entgegnet Scott ruhig. "But I can give you a life jacket if it'll make you feel better."
"You have a life jacket? Give it to me!"
Er fuchtelt herrisch mit der Pistole.
Bevor Scott noch einmal in die Kajüte geht, um die Schwimmweste zu holen, bleibt er für ein paar Sekunden in der Luke des Niedergangs stehen. Seine Blicke wandern zwischen Colin und Sammy hin und her.
"Please don't wave that **gun** in our faces. We're not doing anything dangerous. It really makes me nervous having that thing **pointed at** me."
Colin nickt Sammy zu, der daraufhin langsam den Lauf der Pistole senkt, und sie dann in Griffweite neben sich auf die Bank legt.
"Okay", sagt er. "But don't do anything stupid. Now get me the life jacket."

---

completely vollkommen
waterproof wasserdicht
How comforting. Wie beruhigend.
gun Pistole
pointed at sb *hier:* auf jdn gerichtet

Scott dreht sich um und verschwindet wieder in der Kajüte.
"Is there anything to drink down there? I'm thirsty!", ruft Sammy ihm hinterher.
Wenig später ist Scott wieder an Deck, in den Händen eine Flasche Wasser und eine Schwimmweste, die er Sammy gibt.
Der stellt sich nicht besonders geschickt an beim Anlegen der Weste, aber nach einigem Gefummel schafft er es und Pete stellt erleichtert fest, dass die Weste Sammy Sicherheit gibt und vor allem Ruhe. Und noch wohler fühlt er sich offenbar, nachdem er die Hälfte der Wasserflasche in einem Zug geleert hat.
"So what do we do now?", wagt Scott zu fragen. "Are we going **somewhere in particular**?"
Die Bankräuber tauschen einen kurzen Blick, bevor Colin sagt:
"No. We're just hobby sailors out with you. Enjoying the day. The sun, the water. When it gets dark, we'll go **ashore**. And when **the coast is clear**, we'll go back to your **inlet** where we left our car, and then you'll **be rid of** us."

---

somewhere in particular an einen bestimmten Ort
ashore an Land
The coast is clear. Die Luft ist rein.
inlet *hier:* Anlegestelle
to be rid of sb jdn los sein

Die Sache wirkt alles andere als abgesprochen zwischen den beiden. Sammy schaut nicht gerade glücklich aus mit seiner Schwimmweste.
"You want to stay on the water the whole day?", fragt er nach.
"We have to wait until it gets dark", antwortet Colin. "It'd be stupid to go ashore before then."
Sie schweigen ein paar Minuten, bis Colin Scott fragt: "How about you?"
"What do you mean, how about us?", antwortet Pete mit einem etwas zu forschen Ton, der ihn selbst überrascht. Aber die Ruhe und Souveränität, mit der Scott die Situation meistert, sorgt wohl dafür, dass er seine Zurückhaltung mehr und mehr aufgibt.
"**What's the story?**", sagt Colin mit einer Kopfbewegung in Richtung Pete. "How about your parents? Won't they miss you? How long did you tell them you'd be **gone**? I **bet** they'll want to know **how it's going** on the boat. It's a maiden voyage – they'll be worried if they don't hear from you, won't they?"
"**I'm supposed to** call my parents this afternoon", sagt Pete. "Or they'll call me. We told them we'd be spending the night on board."

What's the story? Wie sieht's aus?
gone weg
bet (bet, bet) wetten
how it's going wie es läuft
to be supposed to sollen

"Okay", sagt Colin und spuckt ins Wasser. "When it's time for you to call, I'll give you your phone back." Dann herrscht wieder Schweigen an Bord.
Schade, dass Pete das Segelerlebnis nicht so genießen kann, wie er sich das vorgestellt hat. Aber er ist auch froh darüber, dass sich die beiden Bankräuber als nicht ganz so gefährlich herausstellen, wie befürchtet. Bis jetzt jedenfalls noch nicht. Und er hofft inständig, dass es so bleiben wird.
Trotzdem hegt er immer wieder Fluchtgedanken. Weder Colin noch Sammy scheinen vom Segeln auch nur die leiseste Ahnung zu haben. Und vielleicht ist ja genau das die Chance. Scott und er müssten einen idealen Zeitpunkt abwarten und sich dann irgendwo von Bord fallen lassen und so weit tauchen wie nur möglich. Zwischendurch nur ganz kurz Luft holen, wieder unter Wasser und sich so weit vom Boot entfernen, dass sie außer Schussweite gelangen.
Ob das ein guter Plan ist? Aber was passiert dann mit dem Boot?
Pete beobachtet Scott, dessen Aufmerksamkeit voll und ganz bei seinem Schiff ist. Es ist, als horche er in die *Jackson One* hinein, als versuche er, ihr Innenleben zu erforschen, und als prüfe er sie auf Herz und Nieren. Aber vielleicht täuscht der Eindruck auch. Vielleicht schmiedet Scott ja ganz ähnliche Fluchtpläne wie Pete und will es sich nur nicht anmerken lassen. Keine Frage, Pete muss mit Scott in einem

unbeobachteten Moment unter vier Augen sprechen. Unbedingt.
Nur wie und wann soll das möglich sein auf diesem kleinen Boot?
Pete zwingt sich, sich so weit es geht zu beruhigen. Er atmet tief ein und aus, gleichmäßig, mit Blick in den Himmel. Und in dem Maß, wie sich seine Anspannung mindert, stellt er fest, dass komischerweise auch die Situation an Bord mehr und mehr etwas von einem friedlichen Bootsausflug bekommt.
Der Wind hat noch mehr nachgelassen und Sammy hat die Schwimmweste wieder abgelegt, um sein T-Shirt auszuziehen. Die Sonne brennt nun auch deutlich heißer auf das Boot und seine Besatzung herab. Auch Colin zieht sein T-Shirt aus und beide krempeln ihre Hosenbeine nach oben.
Vorsichtshalber legt Sammy dann wieder die Schwimmweste an.
Da auf dem Wasser weit und breit nichts Beunruhigendes zu erkennen ist, scheint es, als könnten sie diesen 'Ausflug' sogar ein wenig genießen. Colin richtet seinen Oberkörper nach der Sonne aus und schließt immer wieder für ein paar Augenblicke die Augen.
"You guys **picked** a wonderful day for your maiden voyage", sagt er zu Scott.

---

to pick aussuchen

“Yeah”, antwortet Scott. “Just enough wind to get to know the boat and **check** everything **out**.”
”Are you happy with it?”
Scott nickt stolz.
“Yes, very! The block for the **foresail** is going to have to be **repositioned**. But she’s doing fine in the water and she’s holding course perfectly. I’m really pleased. Not surprised, **though** – after all, she was built by a **professional**.”
Colin deutet eine ironisch respektvolle Verbeugung an.
“**Impressive**! You build a whole boat at home in the garden, at your age, and everything works. No, really, I’m **impressed**. Not bad, eh, Sammy?”
“Hmm”, grunzt Sammy und es ist nicht so recht auszumachen, was er damit meint.
“It’s great, isn’t it, what little Scott here’s done?”
“Yeah, yeah”, macht Sammy.

to check out *(Slang)* auschecken
foresail Vorsegel
to reposition neu positionieren
though jedoch
professional Profi
Impressive! Toll!, Beeindruckend!
impressed beeindruckt

Flaute

Eine halbe Stunde später ist der Wind so gut wie eingeschlafen. Das Boot bewegt sich kaum noch und die Segel hängen schlaff am Mast. Die anderen Schiffe in der Ferne stehen reglos auf der spiegelglatten Wasseroberfläche wie spitze weiße Spielfiguren, die niemand ziehen möchte.
Totale Flaute!
Colin ist nicht der Einzige, der immer wieder das Ufer beobachtet. Auch Pete sucht im Schilf, zwischen den Bäumen und auf den breiten Kiesstreifen nach der Polizei, die vielleicht doch endlich auf sie aufmerksam geworden ist.
Aber warum sollte sie das?, denkt Pete mutlos. Sie sitzen unauffällig auf einem Segelboot mitten auf dem Chiemsee, wie all die anderen.
"Do you have any **binoculars** on board?", will Colin plötzlich von Scott wissen. "I want to take a closer look at the shore and see if anything is going on."
Er hat wohl nicht ernsthaft damit gerechnet und ist erstaunt, als Scott nickt und auf die Kajüte zeigt.

---

binoculars *(Pl)* Fernglas

"**Right** by the **hatch** on the side. They're in a **bracket** on the wall", sagt er.
"**Would you look at that!** This boat is fully **equipped**!", staunt Colin.
Er fischt das Fernglas heraus und sucht damit langsam und sorgfältig das Nordufer des Sees ab, leise vor sich hingrummelnd.
"Well?", fragt Sammy, während Colin das Glas unverändert vor den Augen hat. "Do you see anything?"
Keine Antwort.
Lange kommt nichts, aber dann: "Oh! Yeah, they're still driving around. They don't have the blue lights on any more, but those are police cars. One's going towards Gstadt, the other towards Seebruck. Good that we're out here on the water. I hope they don't find our car."
"**Dammit!**", zischt Sammy.
"Well, what did you expect? Did you think they'd stop looking already?", entgegnet Colin und nimmt das Glas herunter. Sammy schnappt es sich sofort, um selbst das Ufer abzusuchen.

---

right direkt
hatch Luke
bracket Halterung
Would you look at that! *(ugs.)* Sieh dir das mal an!
equipped ausgerüstet
Dammit! *(Slang)* Verdammt!

Auch Sammy sieht die Polizeiwagen und scheint dann eigentlich doch ganz froh, hier auf dem See zu sein.
“It’s not too bad that we’re on the water”, sagt Colin. “It’s the best thing that could have happened. They were right behind us, remember? We’d better not go ashore for a **while**. We should **head towards** one of the islands.”
Und nach einer Weile des Schweigens, Dahindümpelns und Nichtstuns wischt er sich mit der Hand über die Stirn und stöhnt:
“**Phew**! It’s hot here when there’s no wind. Do you guys have a hat on board? A baseball cap? Something! I’**m getting sunburnt**.”
“Sorry”, sagt Scott. “We didn’t think of bringing caps.”
“Shit!”
Sammy fängt wieder an rumzumeckern.
Jetzt ist es die Schwimmweste, die ihm bei den Temperaturen zu schaffen macht. Er zerrt und zurrt wild an den Riemen herum. Er erinnert Pete an den Typen in dem amerikanischen Schwarzweißfilm letzte Woche, als der auf dem Weg in die Nervenkli-

---

while Weile
to head towards sth in Richtung von etw fahren
Phew! *(ugs.)* Puh!
to get sunburnt sich einen Sonnenbrand holen

nik versucht hat, aus seiner Zwangsjacke zu entkommen.
Für Pete ist es keine Frage: Sammy ist von den beiden derjenige mit dem unberechenbareren Temperament. Vor allem vor ihm müssen sie sich in Acht nehmen. Und jetzt, unter der brütenden Sonne des Nachmittags, wo Flaute herrscht und die Schwimmweste drückt und juckt, da ist es nicht überraschend, dass sich seine Laune unaufhaltsam einem neuen Tiefpunkt nähert.
Aber wie soll man sich auf so engem Raum vor jemandem in Acht nehmen?
Unnötige Gedanken, wie Pete bald merkt.
Sammy fummelt immer noch an seiner Schwimmweste herum. Er will das Ding endlich loswerden, zieht dabei heftig an einem falschen Gurtband und schnürt sie dadurch nur noch enger um seinen Leib.
"Dammit!", schreit er und läuft dabei rot an.
Gleich platzt er, denkt Pete.
"This stupid thing! I can't **get** it **off**. What are we doing on this boat, **anyway**, sitting here like idiots? We should get back to the **mainland**. We don't have the **slightest** chance here!"

---

to get sth off *hier:* etw abkriegen
anyway *hier:* überhaupt
mainland Festland
slight gering

"Calm down!", sagt Colin nur.
Scott schaut auf den Gurt der Schwimmweste und deutet mit einer Kopfbewegung in die Richtung.
"You pulled the wrong **cord**", sagt er. "Can I help?"
"Yeah, and do it fast. I'**m sweating** like a pig."
Mit zwei geübten Handgriffen löst Scott den Gurt. Sammy reißt sich die Schwimmweste herunter und feuert sie wutentbrannt in die Kajüte.
"I think I'll jump in the water", sagt Colin in aller Ruhe und macht sich daran, die Hose auszuziehen.
"You want to do what?" Sammy ist immer noch außer sich. "We're not on vacation here!"
"I need to move around a bit", sagt Colin entschlossen. "You're right; it's not good just to sit here on the boat. You watch those two, and when I come back out of the water you can go in for a minute, if you want."
"No way!", sagt Sammy. "Take off my life jacket just to get in the water and **drown**? **You're nuts.**"
Colin zuckt nur kurz mit den Schultern und grinst. Sammy, endlich von der Schwimmweste befreit, spielt wieder mit der Pistole herum.

---

cord Leine
to sweat schwitzen
to drown ertrinken
You're nuts. *(ugs.)* Du hast sie ja nicht alle.

"Hey, you're not **that** bad a swimmer!", sagt Colin. "I remember, you learned from Jack, didn't you? The **sports instructor** at the Recreation Center."
Er weist mit dem Kopf in Richtung Berge, auf einen Punkt am anderen Ufer des Sees, der jetzt von der Fraueninsel verdeckt wird. Pete kennt das *Recreation Center* nur aus Erzählungen seiner Eltern, aber er weiß, dass Scotts Vater dort einige Jahre gearbeitet hat.
Pete merkt, wie hellhörig Scott wird, als er Colin vom *Recreation Center* sprechen hört. Seine Augen haben sich geweitet und sein Blick pendelt aufmerksam zwischen Sammy und Colin hin und her.
"You used to go to the Recreation Center too?", fragt Scott jetzt und Pete hält die Luft an.
"Don't ask stupid questions!", zischt Sammy.
Auch Colin scheint keine Lust zu haben, Scotts Frage zu beantworten, und geht gemächlich zur Reling.
"Stop all this stupid **talk** about swimming!", versucht Sammy noch einmal seinen Kumpel von seinem Vorhaben abzubringen. "What happens if the wind picks up and we sail off?"
Colin winkt nur ab.

---

that *hier:* so
sports instructor Sportlehrer(in)
talk Gerede

"**Nonsense**! You know what the weather's like here. Look at the sky. Not a **cloud**. The wind **conditions** don't change that quickly. If you go in, I'll be on the boat with a rope you can hold on to. I'm going in now. Who knows when I'll get another chance to go swimming."

Auch wenn die beiden direkten Fragen aus dem Weg gehen, so legen sie doch eine recht deutliche Fährte zu ihrer Vergangenheit. Pete ist sich ziemlich sicher, dass die beiden im *Recreation Center* auch in irgendeiner Form zu tun hatten, so wie Mr Jackson. Vielleicht kennen sie die Gegend ja aus dieser Zeit.

Durch das Boot geht ein Ruck, dann ein lautes Platschen, und als er sich umdreht, sieht Pete Colin an die Wasseroberfläche kommen.

Pete versucht, aus Scotts Augen etwas herauszulesen, ob er vielleicht eine Idee hat, wie man die Chance nutzen könnte, dass nur einer der beiden an Bord ist. Vielleicht könnten sie irgendwie den wasserscheuen Sammy überrumpeln und ins Wasser stoßen und dann, so schnell es geht, mit dem Paddel das Boot aus der Gefahrenzone bringen und um Hilfe rufen. Oder so ähnlich.

---

nonsense Unsinn
cloud Wolke
condition Bedingung

Aber erstens hat Sammy ja noch die Pistole und zweitens bezweifelt Pete, dass es möglich ist, mit dem einzigen Paddel, das sich an Bord befindet, zwei schwimmenden Bankräubern zu entfliehen. Außerdem fehlt ihm der Mut für eine so riskante Aktion. Und wer weiß: Scott ist womöglich auch nicht ganz so heldenhaft, wie er sich bislang den Anschein gab. Vielleicht ist sein ruhiges Äußeres ja nur Fassade.
Scott schickt Pete ein kurzes Lächeln und verdreht seine Augen in Richtung Sammy, der seine Waffe von einer Hand in die andere gleiten lässt und übellaunig vor sich hinstarrt. Offenbar trägt sich Scott mit ganz ähnlichen Gedanken wie Pete und es wird Zeit, dass sie eine Gelegenheit finden, unbemerkt einen Plan zu entwickeln.
"Wonderful!" Colin zieht mit kräftigen Schwimmzügen seine Bahn, wobei er die Leine des Bootes mit der rechten Hand fest im Griff hat. "The water's so **refreshing**."
Keine Frage, wäre nicht das finstere Gesicht von Sammy und auch nicht die Pistole, nichts würde darauf hindeuten, dass hier zwei Bankräuber ein Boot gekapert und die Crew als Geiseln genommen haben. Die Situation hat etwas Merkwürdiges. Pete spürt, wie ihm Colin fast schon sympathisch wird, so wie manche Jungs, mit denen man zwar nicht dick

---

refreshing erfrischend

befreundet ist, aber doch hin und wieder Fußball spielt und einen guten Tag hat. Er ist regelrecht froh darüber, dass sie mit diesem Sammy nicht allein unterwegs sind.

Pete fühlt sich vorn am Bug immer noch am wohlsten. So weit wie möglich weg von Sammy und seiner Waffe.

Scott hält unterdessen mit gleichbleibender Konzentration die Ruderpinne im Griff, vielleicht auch nur, um nicht tatenlos zu sein. Denn im Augenblick ist es mehr oder weniger sinnlos, das Boot steuern zu wollen. Ohne Wind treibt es sowieso nur vor sich hin.

Doch wie um ihn aus seinen Grübeleien herauszureißen, geht plötzlich ein kleiner Ruck durchs Boot und Pete beobachtet, wie sich auf der spiegelglatten Wasseroberfläche ein leichtes Wellengekräusel abzeichnet.

"I'll pull the boat!", hört er Colin übers Wasser rufen. "That way we'll make a little **progress**."

"That's enough!", ruft Sammy. "Come on out. It makes me nervous, you **floundering** around in the water. We're not here for fun."

Er grummelt und flucht.

---

progress Fortschritt
to flounder strampeln

"God, this **damn calm**. Doesn't this stupid boat have a motor?"
Scott schüttelt den Kopf.
"No motor", sagt er. "Only a **paddle**. Maybe later I'll get an **outboard motor**, but I'm not sure. There are very strict **rules** for motorboats on the Chiemsee."
"Yeah, yeah!" Sammy winkt ab. "I know. But they didn't **apply to** us Americans at the Recreation Center. We could **water-ski** as much as we wanted. Nobody cared about the **regulations**!"
Pete beobachtet, wie Colin wieder zurück zum Boot schwimmt und kurz hinter der Bordwand aus seinem Blickfeld verschwindet. Gleich darauf, wie aus dem Nichts, erscheinen seine Hände am oberen Bordrand. Ein heftiges Schwanken, dann wuchtet sich Colin ins Boot und lässt sich mit einem satten Platsch ins Cockpit plumpsen, wo er große feuchte Flecken auf den sonnenwarmen Deckplanken hinterlässt.

---

damn *(Slang)* verdammt
calm *hier:* Flaute
paddle Paddel
outboard motor Außenbordmotor
rule Regel
to apply to gelten für
to water-ski Wasserski fahren
regulation Vorschrift

Er setzt sich auf die Bank und schüttelt sich das Wasser aus den Haaren.

"Nothing better than a good swim!" Er klatscht in die Hände und sagt vergnügt: "Right. I'm sure your mothers gave you something to eat. **Lunchtime**! **I'm starving**."

"Man, Colin!", fährt ihn Sammy an. "Where do you think you are? On a **cruise ship**? What else do you want? A game of tennis on the **sun deck**? Cocktails in the bar at **sunset**? Come back down to earth and **face the facts**!"

"Sammy, Sammy, Sammy!" Colin schüttelt den Kopf und verdreht die Augen. "Come back down to earth. Face the facts. Just look at them. There's no wind, but the weather is great. And we're floating **comfortably** in a boat on the Chiemsee. Of course **I'd rather be** safe and counting our money, but what can we do? Right now, the **cops** are **chasing their tails** on shore and they've got no idea that we're **enjoying**

---

lunchtime Zeit fürs Mittagessen
I'm starving. *(ugs.)* Ich sterbe vor Hunger.
cruise ship Kreuzfahrtschiff
sun deck Sonnendeck
sunset Sonnenuntergang
to face the facts den Tatsachen ins Auge sehen
comfortably bequem
I'd rather be ich wäre lieber
cop *(ugs.)* Bulle
to chase one's tail sinnlos im Kreis herumjagen

ourselves right beside them under the beautiful **Bavarian** sun. So where's the problem?"
"I'm going to **go crazy** on this boat!", schimpft Sammy. "Can't we go back on shore? On one of the islands? I need to **pee** in the bushes!"
"Go in the water. You don't need any bushes."
"I'm not going in the water! How many times do I have to tell you that?", faucht Sammy. "I want to go on land. Can't we go to the Krautinsel? It's like the vegetable garden for the **convent** on the Fraueninsel. Lots of bushes and **not a soul around**."
Zweifelnd gibt Scott zu bedenken: "The Krautinsel is a long way behind the Fraueninsel. We can't get there quickly, either, without any wind. It will take quite a while with the paddle."
"What are you talking about? Do we only have this one paddle? What happens if the wind doesn't pick up? Are we going to **paddle** like **lunatics** to get to the shore, or spend the night on the water, or what? What kind of a stupid little boat is this?"

---

to enjoy oneself Spaß haben
Bavarian bayerisch
to go crazy verrückt werden
to pee *(ugs.)* pinkeln
convent Kloster
not a soul around keine Menschenseele in der Nähe
to paddle paddeln
lunatic Wahnsinnige(r)

"She's a boat on her maiden voyage and she's not quite perfect!", entgegnet Scott mit großer Souveränität. "I don't remember promising anyone that this would be a **luxury cruise** with **on-board entertainment**."

Blitzschnell fliegt Sammys Hand durch die Luft und fegt unsanft über Scotts Hinterkopf.

"Don't get **sassy**, boy! Don't **upset** me. And remember: we'**re** the ones **in charge** here. **Got it?**"

Sammy versteht überhaupt keinen Spaß.

"Right!", murmelt Scott und reibt sich den Kopf.

"Sammy, **come off it**!", sagt Colin und greift nach einem der Handtücher, die auf der Bank neben der Kajüte liegen.

"**May I?**", fragt er betont höflich an Scott gewandt, der nur stumm nickt.

Colin trocknet sich die Haare und krabbelt ungelenk aufs Kajütendach, um sich bäuchlings mit Blick ins Cockpit in die Sonne zu legen und trocknen zu lassen.

---

luxury cruise Luxuskreuzfahrt
on-board entertainment Unterhaltungsprogramm an Bord
sassy *(AE, ugs.)* frech
to upset sb jdn aufregen
to be in charge das Sagen haben
Got it? Verstanden?
Come off it. *(ugs.)* Jetzt mach mal halblang.
May I? Darf ich?

Pete sitzt immer noch am Bug und denkt angestrengt darüber nach, wie er irgendwelche Hilfssignale an die Außenwelt schicken könnte. Colin wälzt sich auf den Rücken, blinzelt in die Sonne, stützt sich seitlich auf den Ellbogen und mustert Pete.
"So, kid. Are you thinking you should have brought your teddy bear? Someone you can really have some fun with?"
"Hmpf!", antwortet Pete verstimmt. Das geht jetzt aber echt zu weit. Das muss er sich nicht bieten lassen. Die leichte Sympathie, die er bis eben noch empfunden hat, hat einen merklichen Dämpfer bekommen.
Colin wendet sich nun ganz sachlich an Scott: "Okay, boss, tell me. What's the situation here? It looks like there's not going to be a lot of wind today. It's already **mid-afternoon**. How would it be if we looked for a **hidden** inlet or a place behind the **reeds**? We could spend the night there."
Als wäre es die Antwort darauf, klingelt plötzlich in der Tasche von Colins Hose, die im Cockpit auf der Bank liegt, eines der Handys. Ein Ruck geht durch Pete.
"That's mine", sagt er, steht auf und hält sich am Vorstag fest. "Can I answer it?"

---

mid-afternoon mitten am Nachmittag
hidden verborgen, versteckt
reed Schilf

Colin und Sammy ist klar, dass Pete das Gespräch annehmen muss. Täte er das nicht, würden die Eltern wohl noch ein-, zweimal erfolglos anrufen und dann hätten sie in kürzester Zeit die Wasserwacht auf dem Hals.

"Okay", sagt Colin. Er springt mit erstaunlich geschmeidigen Bewegungen ins Cockpit nach unten, fischt das klingelnde Handy aus der Tasche und hält es Pete hin, lässt es aber nicht gleich los, als Pete danach greift, sondern warnt ihn:

"Not a word about us. Is that clear? Tell them that you're fine, that you're sailing towards the harbour, and that you're going to spend the night there, just like you planned."

Sammys unruhiges Gefuchtel mit der Waffe und ein energisches Nicken von Scott unterstreichen Colins Forderungen. Und so ist Petes Stimme erstaunlich ruhig und klar, als er Sekunden später das Gespräch annimmt.

"Hi, Mum", sagt er. "... Great ... Yes, the boat's doing really well, she's **hardly** leaking ... No, there's not much wind ... Yes, we're **on the way** to the yacht hotel harbour ... We'll **make it** ... Yes, of course I'll brush my teeth ... Okay, I'll call again ... Bye!"

---

hardly kaum
on the way unterwegs
to make it es schaffen

Kein Entkommen

Am späten Nachmittag kommt noch einmal eine leichte Brise auf. Während Colin und Sammy sich darüber wie Kinder über einen besonders guten Nachtisch freuen, bleibt Scott gelassen. Er kennt das schon vom See, die Abendbrise, mit der man sein Boot gerade noch so in den Hafen segeln kann. An Tagen wie diesen ist auf sie Verlass und für ungefähr zwei Stunden wird mit ihr zu rechnen sein.
Die Nervosität hat sich Gott sei Dank wieder gelegt und Scott hat Pete gebeten, ans Ruder zu gehen, während er sich ein wenig um das Boot kümmern will. Hier und da die Segel trimmen, durchsetzen und prüfen, ob die Segellatten ordentlich in ihren Taschen sitzen, die Wantenspanner sich nicht gelockert haben und das Achterliek stramm genug ist.
Pete hat die Pinne sicher im Griff und richtet seinen Kurs nach dem *Recreation Center* am Südufer des Sees aus. Er wirft aber auch immer wieder aufmerksame Blicke hoch in den Mast nach dem Verklicker, diesem kleinen Fähnchen, das ihm anzeigt, aus welcher Richtung der Wind kommt.
Während sich Scott mit sicheren Schritten durch den vorderen Teil des Bootes bewegt, sitzen Sammy und Colin links und rechts von Pete und schauen stumm über den See.

Sie wirken ein wenig erschöpft, vielleicht auch ratlos. Vielleicht auch nachdenklich. Die Freude von eben noch, als der Wind aufkam und sich die *Jackson One* wieder vom Fleck bewegte, scheint schon wieder verflogen. Ihr Plan von vorhin, zurück zur Bucht zu fahren, ist ihnen inzwischen wohl doch zu heikel. Nach wie vor streifen am Seeufer Polizisten umher.

"Hey, Scott!", ruft Colin nach vorn Richtung Bug, wo Scott gerade das Vorstag auf seine Spannung kontrolliert.

"**What's up?**", fragt Scott nach hinten, ohne das Vorsegel aus dem Auge zu lassen.

"We're going to spend the night in the reeds by the Herreninsel, at least for now", sagt Colin. "It's too dangerous on the mainland. Maybe if there's a little wind during the night we could go ashore **under cover of darkness**. At the moment it's too **risky**."

Pete wird es mulmig. Eine Nacht auf der Herreninsel? Das gefällt ihm überhaupt nicht. Was soll er erzählen, wenn seine Eltern anrufen? Dann muss er lügen und sie in falscher Sicherheit wiegen. Dabei will er doch, dass ihnen endlich geholfen wird. Oh Mann, Angst zu haben, macht keinen Spaß.

What's up? *(ugs.)* Was gibt's?
under cover of darkness im Schutz der Dunkelheit
risky riskant

Um sich abzulenken, denkt Pete intensiv darüber nach, ob die Herreninsel eine gute Fluchtmöglichkeit bieten könnte. Immerhin ist sie groß genug und es gibt eine Menge Stellen, an denen man sich verstecken könnte. Zumindest bis zum nächsten Tag. Und dann könnten sie irgendjemanden um Hilfe bitten. Aber vorher braucht er eine Gelegenheit, mit Scott zu sprechen, ohne dass einer der beiden Bankräuber mithört.

Scott hat offenbar die ganze Zeit über Colins Vorschlag nachgedacht.

"I don't know if that's such a good idea", sagt er nur und wiegt skeptisch den Kopf.

"Yes, it is!", schnauzt Sammy. "You heard what my **buddy** said."

"It's illegal to spend the night near the shore of the island", widerspricht Scott.

"We'll hide in the reeds", versucht Colin die Bedenken zu zerstreuen.

"People will still be able to see the mast."

"We'll have to risk it!"

"We could **cut down** the mast", schaltet sich da Sammy wieder ein.

Grandiose Idee. Pete bleibt vor Staunen der Mund offen stehen. Dieser Typ brächte es tatsächlich fertig,

---

buddy *(AE, ugs.)* Kumpel
to cut down umhauen

Scotts schönes Boot zu demolieren, nur um seinen Hintern zu retten. Ungeheuerlich.
Abgesehen davon könnte man den Mast natürlich demontieren, aber dafür müsste das Boot in einen Hafen.
"Not a good idea", stellt Colin sachlich fest. "We need it for the sail."
Scott scheint die Situation gut einschätzen zu können. Die beiden Bankräuber sind auf ihn angewiesen und dieser Umstand verschafft Scott eine starke Position. Während Colin und Sammy neben Pete im Cockpit sitzen, steht Scott auf dem Kajütendach, überprüft das Großfall und mustert den Verklicker.

"Pete! Let's **tack**. When I say *now*, push the **tiller hard to starboard** and sail into the wind. Okay?"
"Okay!", antwortet Pete und fährt das Manöver, als Scott ihm das Signal dazu gibt.
Bewegung kommt ins Schiff. Der Baum schlägt um, die Segel flattern, bevor sie sich wieder mit Wind füllen und das Boot auf dem anderen Bug seine Fahrt fortsetzt.
Colin und Sammy beweisen einmal mehr, dass sie vom Segeln keinen blassen Schimmer haben. Während Sammy sich einfach nur an der Reling festkrallt,

---

to tack wenden, kreuzen
tiller Pinne
hard to starboard hart nach Steuerbord

packt Colin der Eifer und er will helfen. Er greift nach einer Vorschot und zerrt daran herum. Von zwei Möglichkeiten hat er natürlich prompt die falsche gewählt. Pete deutet auf die richtige.
"This one!", sagt er. "Pull it hard and then **belay** it."
"**Aye aye**, captain!" Colin grinst, salutiert und zieht an der Schot.
Solange der Wind noch weht, kreuzen sie vor der Südseite der Herreninsel. Zwei-, dreimal drückt Pete das Ruder erst auf Scotts Kommando herum, dann macht er das in eigener Verantwortung. Colin ist immer mit von der Partie.
"Another **tack**?", fragt er, als sie ungefähr an einem der Punkte sind, wo sie schon einmal den Kurs geändert haben.
"Clear to tack!", antwortet Pete.
Colin hat mittlerweile schon etwas Übung und geht fast wie ein richtiger Segler mit der Vorschot um. Er hat offenkundig Spaß daran.
Petes Angst ist verflogen. Zumindest die vor Colin.
Sammy dagegen kann sich nach wie vor nicht für das Segeln begeistern. Während Colin immer routinierter auf dem Boot hantiert, bleibt Sammy weiterhin missmutig und unberechenbar. Die Pistole liegt zwar

---

to belay festzurren
Aye aye! Zu Befehl!
tack Wende

schon seit Längerem wieder neben ihm auf der Bank, aber Pete weiß: Der kleinste Anlass genügt und es wird wieder brenzlig.
Scott schlägt vor, in eine der Buchten zu segeln, bevor der Wind ganz nachlässt, und dort den Anker zu werfen. Dann würden sie wie ganz normale Badeurlauber aussehen und keinen weiteren Verdacht auf sich ziehen. Später könnten sie ja immer noch ins Schilf.
"Good idea", meint Colin. "Let's sail to the inlet!"
"Since when do we do what our **hostages** say?", mosert Sammy. "Well, at least I can finally go ashore and find some bushes. I want to feel **solid ground** under my feet."
Mit einer leichten Brise gleiten sie nun allmählich ans südliche Ufer der Herreninsel. Fünfzig Meter etwa trennen sie noch vom morastigen Seichtwasser, als Scott die Segel einholt. Zuerst die Fock, die er an der Reling festmacht, dann das Großsegel, das er sorgfältig auf dem Baum vertäut.
Danach hat er es eilig, in die Kajüte zu kommen, wo er das Schwert nach oben in den Kasten zieht, damit das Boot nicht auf Grund läuft.

---

hostage Geisel
solid fest
ground Boden

Der Schwung reicht aus, dass Pete den Kurs halten kann, und erst als Scott, der vorn am Bug steht, in unmittelbarer Nähe der ersten Schilfhalme den Anker wirft, geht ein Ruck durchs Boot. Es stoppt und dreht sich träge in den letzten Wind.
"What are you doing?" Das Ufer ist noch etwa sechs Meter entfernt. Sammy tritt unruhig von einem Bein aufs andere. "I thought we were going to **dock**? Hey man, I really have to pee!"
"I can't get any closer", sagt Scott. "That would only make us look suspicious. Nobody sails into the reeds here. We can do that when it's dark. But the water's **shallow** here. If you want to, you can **wade** to the shore."
"Thanks for the tip!", blafft Sammy und giftet Colin an. "It was a stupid idea to go on this stupid boat!"
"Man, Sammy!", antwortet Colin. "If you have to, then go ashore. The water's so shallow, you can easily stand. And then – just enjoy the evening. Look around you!"
Er deutet in die andere Richtung hinüber zu den Bergen, wo die Sonne an dem gezackten Gipfel der Kampenwand leckt.

to dock anlegen
shallow seicht
to wade waten

Sammy ergibt sich seinem Schicksal. Unablässig vor sich hin schimpfend zieht er seine Hose aus. Dann steht er da in Unterhose und Pete kann förmlich sehen, wie in Sammys kantigem Schädel ein Denkprozess abläuft. Sein Blick springt zwischen der Waffe, dem Ufer und der Tasche mit dem Geld hin und her.

Nach geraumer Zeit hat er sich offenbar zu einer Entscheidung durchgerungen. Er greift nach der Waffe, die er sich hinten in die Unterhose steckt, und klettert mit unbeholfenen Bewegungen von Bord. Das Wasser reicht ihm bis zu den Oberschenkeln, mit angewidertem Gesicht und schweren Schritten arbeitet er sich ans Ufer. Unter seinen Füßen wühlt er den Morast auf, das Wasser trübt sich, eine Wolke undurchsichtigen Schlammes breitet sich um ihn aus.

"Can I go too?", fragt Pete betont harmlos. "It's an **emergency**."

Doch es ist weniger das tatsächliche Bedürfnis als vielmehr der immerwährende Fluchtgedanke, der ihn zu dieser Frage treibt. Klar, sie haben möglicherweise vor, hier zu ankern, das hieße eine ganze Nacht in Ufernähe. Dennoch erscheint Pete die Situation gerade jetzt günstig. Wann würde der sonst stets bewaffnete und wachsame Sammy wieder so abgelenkt sein?

---

emergency Notfall

Pete beobachtet, wie Sammy zum Ufer watet.
“Okay. Go and pee”, sagt Colin.
Wie gern hätte Pete sich jetzt mit Scott abgesprochen. Aber das ist völlig unmöglich. Scott ist genau in diesem Augenblick mit dem Ruder beschäftigt, das er zur Hälfte aus dem Wasser zieht. So steigt Pete ganz allein mit seinen Gedanken ins Wasser und watet an Land. Er weiß, wenn überhaupt, dann würde in diesem Augenblick bei dieser Gelegenheit nur ihm allein die Flucht gelingen. Er würde so tun, als müsste er pinkeln, und hinter einem Baum verschwinden. Von dort aus musste er sich davonschleichen. So könnte es gehen.
“What are you doing?”, hört Pete die krächzende Stimme von Sammy, der etwa vier Meter vor ihm im Wasser watet und sich nach ihm umgedreht hat. “If you have to pee, then come on. You’re not afraid of the water!”
Pete steigt über die Reling und lässt sich mit vorsichtigen Bewegungen ins Wasser gleiten. Es ist gerade so tief, dass seine Badehose trocken bleibt, aber der Untergrund ist alles andere als angenehm. Pete versinkt mit den Füßen im Morast. Er spürt kleine Äste, ein paar Muscheln und Luftblasen, die zwischen seinen Zehen nach oben steigen, zusammen mit einem leicht modrigen Geruch, der sich von der Wasseroberfläche löst.

"You stay close to me!", befiehlt Sammy und watet weiter. Als er das Ufer erreicht, blickt er sich nach Pete um und verschwindet dann mit hastigen Schritten hinter einem der ersten Bäume am Ufer.
Auch Pete erreicht das Ufer und blickt sich in alle Richtungen um. Wie und wohin könnte er fliehen? Er sieht nur Schilf, ein paar Bäume, eine weite Wiese und den Wald. Von Menschen keine Spur. Kein Wunder, die meisten Touristen sind schon weg von der Insel. Aber wenn er flieht, was passiert dann mit Scott?
"Go behind that tree there!", ruft Sammy zu ihm herüber.

Drei Schritte etwa bleiben Pete noch bis zum Ufer. Da steht nicht nur ein Baum. Die Auswahl ist größer: vier Trauerweiden. Wenn er an die letzte ginge, wäre es nicht mehr weit bis zum dichten Uferschilf, das ihm einen guten Schutz bieten würde. Dahinter sieht er das Dach eines alten Schuppens, eine gute Deckung. Und dann beginnt schon der Wald. Wenn er es bis dahin schaffen würde, hätte er das Gefährlichste hinter sich.
Pete stellt sich hinter die erste Weide und schleicht sich vorsichtig zur zweiten, dann zur dritten. Im Schutze des dicken Stammes und mit kleinen Schritten rückwärts, den Blick in die Richtung, in der er Sammy vermutet, entfernt er sich mehr und mehr.

Leise, vorsichtig. Noch ein Schritt. Schon ist er hinter der letzten Weide. Jetzt kommt das Schilf. Soll er rennen? Der Schuppen ist nicht mehr weit, dahinter der Wald. Mit einem schnellen Sprint könnte er es schaffen. Sammy ist sicher noch nicht fertig; bis der seine Pistole schussbereit hat, wäre Pete schon hinter dem Schuppen verschwunden und in den Wald eingetaucht.
Soll er? Er weiß, er hat keine Zeit zu überlegen. Wenn, dann jetzt.
Seine Muskeln spannen sich an. Er holt noch einmal tief Luft …
"Have you peed yet?"
"No!"
Pete ist erschrocken, enttäuscht und erleichtert zugleich. Sammy wartet, bis er fertig ist, und gibt ihm keine Chance mehr, auch nur einen unbeobachteten Schritt zu tun.
Vertane Chance.
Mist.

Colin und Scott haben es sich schon bequem gemacht an Bord. Sie haben die Sandwiches aus den Rucksäcken geholt, das Wasser und die Tomaten und die gekochten Eier, die ihnen die Mütter noch zugesteckt haben.

"You'**re just in time** for dinner", sagt Colin, der anscheinend guter Dinge ist. "Scott was kind enough to invite us. Isn't that **generous** of him?"
Auf einem Handtuch als Tischtuchersatz sind ihre spärlichen Vorräte ausgebreitet. Trotz des großen Hungers schaffen sie es, gerecht zu teilen, sodass keiner zu kurz kommt. Und gute Laune macht sich breit. Sammy hat zwar noch die Waffe neben sich auf der Bank liegen, aber auch er wirkt beinahe heiter und gelöst.
Die letzten Sonnenstrahlen tauchen die ganze Umgebung in rötlich-goldenes Licht, ein paar Libellen und Mücken tanzen über dem Wasser und aus dem Schilf hört man Frösche ihr Gutenachtlied quaken. Eine Entenfamilie hat es eilig, nach Hause zu kommen, bevor es ganz dunkel wird, und zieht sich immer weiter ausbreitende Miniaturwellen hinter sich her. Alles zusammen sieht genauso aus, wie man sich den Abend eines gelungenen Urlaubstages vorstellt.

---

to be just in time rechtzeitig kommen, gerade recht kommen
generous großzügig

Jetzt oder nie!

"Yes, Mama, the sandwiches were great … No, hardly any **midges** … Yes, of course I'll brush my teeth … Yes, I'll tell him … No, we won't **stay up** too late … No, we're not the only ones in the harbour who are sleeping on board … The boat's **brilliant** … What …? Yes, yes, I love you too … Good night!"

Colin hebt den Daumen und zwinkert ihm zu. Die Lügen gingen Pete erstaunlich leicht über die Lippen. Fast so, als wären sie ein Team.

Es ist dunkel, Scott und Pete haben das Boot ins Schilf geschoben, das dicht neben der Reling eine natürliche Wand bildet. Obwohl Scott eine kleine Petroleumlampe angezündet hat, ist die *Jackson One* vom See her jetzt nicht mehr zu sehen, selbst der Mast ist zwischen den Uferbäumen kaum wahrzunehmen.

Pete ist müde. Es war ein anstrengender Tag. Ihm fallen allmählich die Augen zu, ein leichtes Frösteln kriecht über seinen Rücken.

---

midge Mücke
to stay up aufbleiben
brilliant genial

"Look at the sky!" Colin legt den Kopf in den Nacken. "The stars. It's so **amazing** to think that they're all suns!"
Er schüttelt den Kopf, als könnte er es nicht glauben.
"If you start thinking about it and imagine that kind of **infinity**, you can go crazy."
"Hmm", macht Scott.
"There has to be an end to it somewhere. To this infinity. Did you know that the **universe is expanding**?"
"Hmm", macht Scott noch einmal. "To be **honest**, I don't think about it much. The earth and the sky are enough for me. I'm quite happy with that."
"Of course", meint Colin. "But still … the idea that it **goes on and on** up there. And that other **life forms** might **exist** somewhere on one of these little **gleaming dots**. It's crazy. Why should we be the only ones in the universe?"

---

amazing erstaunlich
infinity Unendlichkeit
universe Universum
to expand sich ausdehnen
honest ehrlich
to go on and on kein Ende nehmen
life form Lebensform
to exist existieren
to gleam funkeln
dot Punkt

"I wonder if there are cops up there among the other life forms?", fragt Sammy.
Colin und Scott lachen.
"Maybe we should steal a **rocket**", sagt Sammy, "and fly into space. Then we'd have some **peace**. Scott, why didn't you build a rocket and take it on its maiden voyage? We'd be safe now."
"We are safe!", sagt Colin und grinst vor sich hin. "**Anyway**, the rocket would probably be too small."
Schweigen.
"It's going to be a mild night", stellt Scott fest und hält zwei angefeuchtete Finger in die Luft, um den Wind zu prüfen. "No wind at all. It doesn't look like we're going to be able to sail to the mainland tonight."
"Fine with me", grummelt da Sammy.
"We'll see how it goes tomorrow", sagt Colin. "**There's sure to be** a breeze in the morning. Until then, we're okay here. There won't be as many cops on shore in the morning. They'll think we're **long gone**."
Sammy grunzt vor sich hin, lehnt sich gegen die Kajütenwand und zieht sich die Jacke vor der Brust zusammen.

---

rocket Rakete
peace *hier:* Ruhe
anyway *hier:* na ja
there's sure to be sth es wird ganz sicher etw geben
long gone längst weg

Er sagt nichts, aber sein Kopf kippt nach vorn und für ein paar Sekunden scheint er wegzunicken.
"Hey, Sammy!" Colin schubst ihn an. "No sleeping. You'**re keeping watch**!"
Sammy hebt kurz seinen Kopf.
"**You wish**!"
Pete würde sich jetzt wirklich gern aufs Ohr legen. Er fröstelt und sehnt sich nach seinem Schlafsack.
"Does anyone **mind** if I go and **lie down**?", fragt er. "I'm really tired. I'd like to lie down in the cabin."
"Yeah, **go ahead**!", sagt Scott. "Lie down. I guess the gentlemen here won't mind, will you?" Sein Blick wechselt zwischen Colin und Sammy hin und her.
"Sure, Pete", sagt Colin gleich. "You get some **sleep**. It's been a long day."
Pete steht auf, wirft ein schläfriges "Good night!" in die Runde und zieht sich in die Kajüte zurück.
Viel Platz ist nicht hier unten: Zwei kleine Bänke neben dem Schwertkasten, der mit einer Platte drauf zugleich als Tisch dient, und vorn im flacheren Bug zwei Matratzen. Nicht gerade geräumig, aber ausrei-

---

to keep watch Wache halten
You wish! *(ugs.)* Das würde dir so passen!
to mind *(ugs.)* etw dagegen haben
to lie (lay, lain) down sich hinlegen
Go ahead. *(ugs.)* Mach schon.
sleep Schlaf

chend. Pete rollt seinen Schlafsack auf eine Matratze und schlüpft hinein.
Trotz seiner Müdigkeit kann er nicht gleich einschlafen. Zu viele zu verwirrende Eindrücke sind heute auf ihn eingestürmt. Er blickt nach oben in die Dunkelheit.
Vom Cockpit dringen gedämpft die Stimmen von Colin, Sammy und Scott zu ihm nach unten. Neben sich hört Pete das Schilf, das sanft an der Bordwand scheuert. Er hört das Plätschern und Gluckern des Wassers und irgendwo im Raum surrt eine Mücke umher. Hört auf. Surrt weiter. Hört wieder auf.
Seltsam, denkt Pete, dass er keine Angst mehr hat. Im Gegenteil. Wäre nicht Sammy mit seiner Waffe, mit Colin könnte man sich direkt anfreunden. Der scheint kein übler Kerl zu sein. Einen Bankräuber hatte er sich immer anders vorgestellt, eher so wie Sammy.
"Look at Sammy!" Colin unterhält sich leise mit Scott. "He's sleeping **sitting up**. It was a long day for him too. It's quite a **strain**, worrying about the police all the time."
Schweigen.

---

to sit up aufrecht sitzen
strain Anstrengung

"If you want, you can go and sleep too. Sammy and I'll stay up here. If the wind picks up, we'll wake you."
"Okay", antwortet Scott. "Thanks. I'm not tired yet."
Pause.
"Man", sinniert Colin. "It's been a while since I've been to the Recreation Center. Things have changed."
"Yeah", brummt Scott.
Schweigen.
Durch die Bugluke über seinem Kopf sieht Pete die Sterne am Himmel funkeln. Irgendwo auf der Herreninsel ruft ein Uhu. Eigentlich schön, denkt Pete, im Schlafsack im Boot zu übernachten. Hat was von Freiheit. Wäre da nicht …

"I wasn't always so lucky", hört er jetzt wieder Colin. "After the **army** I tried different jobs. Here in Germany first. I was **stationed** in Wiesbaden for a long time. I like Germany. But everything **went to hell** after my computer store **went bust**. I didn't have any luck in America either. My **father-in-law** wanted me to work in his shop. Selling **pet food**. That was

---

army *hier:* Militärdienst
stationed stationiert
to go to hell *(ugs.)* den Bach runtergehen
to go bust *(ugs.)* pleitegehen
father-in-law Schwiegervater
pet food Tierfutter

no good; I **fought with** him all the time. So I came back to good old Germany to try again here."
"And then? Did it go any better?"
"**Unfortunately** not", antwortet Colin. "I'm in the hotel business. I wanted to **run** a little **boarding house** up in Hessen. It didn't go too badly in the beginning, but I **borrowed** too much money from the bank. I **could**n't **afford** to pay anyone, and making beds **myself** every day, serving breakfast and being nice to **complete** strangers was**n't my thing** either. I wanted to be free. And then I **ran into** Sammy again. When we were in the army I didn't like him too much. He was **unpredictable** then, too. But he was the only person I knew here. And then we **came across** the bank in Prien. It all seemed so simple."

---

to fight (fought, fought) with sb *hier:* mit jdm streiten
unfortunately leider
to run *hier:* betreiben
boarding house Pension
to borrow leihen
to be able to afford sich leisten können
myself selbst
complete total
not my thing *(ugs.)* nicht mein Ding
to run into sb jdm zufällig begegnen
unpredictable unberechenbar
to come across stoßen auf

"But it's not really, is it?", sagt Scott. "Otherwise you wouldn't be here."
Colin atmet tief durch und lacht kurz und trocken.
"You're right", sagt er. "**You can always see better with hindsight**."
"And what about Sammy?", will Scott wissen. "Does he have a job? A family?"
Kurze Pause.
"Sammy!", sagt Colin dann und lässt ein leises Seufzen hören. "Poor guy. He grew up in an **orphanage**. Went to the army. **Dishonourably discharged**. Did **part-time jobs**. **Petty crimes**. In and out of **jail**. Not a nice life. But maybe he'll make it. I'd like that for him. It'd be nice for both of us, don't you think?"
Scotts Antwort hört Pete nicht mehr. Die Stimmen an Deck, die nur noch gedämpft und murmelnd bei ihm ankommen, das sanfte Schaukeln des Boots, das feine, kaum wahrnehmbare Glucksen und Blubbern rund um ihn lassen ihn unaufhaltsam in einen tiefen Schlaf versinken.

You can always see better with hindsight. Hinterher ist man immer klüger.
orphanage Waisenhaus
dishonourably discharged unehrenhaft entlassen
part-time job Teilzeitjob
petty crime Bagatelldelikt
jail Gefängnis

Er schlägt die Augen erst wieder auf, als sich neben ihm jemand auf die andere Matratze legt. Scott bemerkt, dass Pete aufgewacht ist, und flüstert:
“Go back to sleep. It’s only me. I’m going to get some sleep too. I hope this’ll be **over** tomorrow.”
Aber so müde, wie Pete eben noch war, so hellwach ist er jetzt.
“Where are they?”, fragt er.
“Shhh!”, macht Scott und legt einen Finger auf den Mund.
“Up there!”, flüstert er kaum vernehmlich.
“Are they asleep?”, flüstert Pete zurück.
“They’**re swapping over**”, sagt Scott. “One of them is always keeping watch. If the wind picks up they want to sail to the mainland in the middle of the night. But there isn’t any wind.”
Pete schweigt und denkt nach. Plötzlich hat die Stille etwas Bedrohliches. Er wagt nicht, seinen Gedanken auszusprechen. Doch dann fragt er:
“Do you think we could **overpower** them?”
Scott macht eine heftige Bewegung. “No, that’s too dangerous.” Und nach einer Pause fügt er hinzu: “I’ve been thinking the whole time about how we could get away, but I don’t have a good plan.”

---

over vorbei
to swap over sich abwechseln
to overpower sb jdn überwältigen

"**Me neither**", antwortet Pete. "I've been thinking about it the whole time, too. How can we get away from them? If they didn't have the gun it would be different."
"Yeah", antwortet Scott. "That Sammy is dangerous. We should be careful. He's different from Colin. Colin's nice, **sort of**, but we can't let that **fool** us either. Let's wait and see what happens tomorrow. If we see a good chance to **make a getaway**, we'll take it."
"Okay." Pete ist einverstanden. "Anyway, if we aren't back by tomorrow afternoon **at the latest**, my parents are going to get suspicious and start wondering where we are. And if we don't **show up** and they can't reach us, they'll definitely call the police or the **water rescue service**."
Er rollt sich in seinen Schlafsack und wieder zurück.
"By the way, it's so cool the way you **handle** them. You're definitely the boss on this boat!"

Me neither. Ich auch nicht.
sort of *hier:* irgendwie
to fool sb jdn täuschen
to make a getaway abhauen
at the latest spätestens
to show up auftauchen
water rescue service Wasserwacht
to handle sb *hier:* mit jdm umgehen

"Thanks", sagt Scott geschmeichelt. "That's how it has to be on board ship. The skipper is always the boss. So, good night – we need to get some sleep. Who knows what's going to happen tomorrow."
"Good night!", flüstert Pete. Er schließt wieder die Augen und dämmert weg.
Aber nicht lange.

Plötzlich rüttelt jemand an seiner Schulter und flüstert ihm ins Ohr. "Hey, Pete! Hey, wake up!"
Erschrocken fährt Pete hoch. Es ist Scott.
"What's going on?"
"Maybe we should try now?", fragt Scott. "We might not get another chance like this. I just looked up on deck. They're both lying on the **benches** in the cockpit **fast asleep**. Colin wanted to keep watch, but obviously he couldn't stay **awake**. We could **sneak** through the bow hatch above us on deck and just **disappear**. We could hide until it gets light and then call the police."
"You really think so?", fragt Pete, dem sein gescheiterter Versuch vom Vortag noch in den Knochen sitzt.

---

bench Bank
to be fast asleep tief schlafen
awake wach
to sneak schleichen
to disappear verschwinden

"Yeah", antwortet Scott. "We have to do it, now or never. Who knows what those guys **are capable of**. We can't **trust** Sammy."
Pete rappelt sich auf und beobachtet, wie Scott jetzt die nur einen Spalt weit geöffnete Luke über ihnen nach oben drückt, umklappt und vorsichtig aufs Deck legt.
Über ihnen ist jetzt ein Viereck sternenklarer Himmel zu sehen und kühle Luft fällt herein.
"Come on! You go first. Let yourself down into the water as quietly as you can."
Pete spürt, wie Scott seinen Worten mit einem leichten Stups Nachdruck verleiht.

Mit gemischten Gefühlen schlängelt er sich aus dem Schlafsack, zieht seine Hose an, schlüpft in seine Jeansjacke, schnappt sich die Schuhe und steckt dann den Kopf durch die Luke.
Absolute Stille.
Pete spürt einen leichten Schlag auf seinen Waden und hört Scotts leise Stimme.
"Go on!"
Pete stützt sich mit den Armen auf dem Deck ab und drückt sich nach draußen.
Oben an Deck kann er ins Cockpit blicken. Colin und Sammy schlafen, vom fahlen Mondlicht beleuch-

---

to be capable of sth zu etw fähig sein
to trust sb jdm vertrauen

tet, gekrümmt auf den Bänken. Keine besonders bequeme Haltung, die sie da eingenommen haben. Er hofft, dass ihr Schlaf trotzdem tief genug ist, damit sie nicht merken, wie ihre Geiseln sich davonmachen. Scott steckt den Kopf durch die Luke, wirft einen kurzen Blick zum Cockpit hin und hievt sich dann schnell und geschmeidig an Deck.

"Come on, Pete. Get off the boat. When you're on land, **head for** the **forest**."

Das Wasser ist hier noch seichter als vorhin, trotzdem werden seine Jeans nass, obwohl er sie hochgekrempelt hat. Zum Glück hat er seine Schuhe in der Hand, die will er erst an Land anziehen.

Der Untergrund hier ist noch unangenehmer. Abgebrochene Schilfhalme pieksen in die Fußsohlen. Das Schilf steht sehr dicht, und wenn Pete es zur Seite drückt, macht er zwangsläufig Geräusche. Mit angehaltenem Atem arbeitet er sich voran. Als er sich umdreht, sieht er Scott, der ebenfalls schon zwei, drei Meter vom Boot entfernt ist. Pete stakst weiter und blickt dabei abwechselnd vor sich auf das Wasser und auf die Insel, wo der Mond dunkle, harte Schatten wirft.

---

to head for sth auf etw zusteuern
forest Wald

Er erreicht das Ufer und will sich gerade hinter einem Baum die Schuhe anziehen, da hört er Sammys kalte, laute Stimme, die die Nacht durchschneidet.
"**Freeze!** I have my gun pointed at you. One more step and I shoot!"
Petes Herz rast, als er um den Baum späht und im Mondschein Scott sieht, bis zu den Waden im Wasser und in der Bewegung erstarrt. Auf dem Boot sind Sammys Umrisse zu erkennen. Er steht vorn am Bug und hat die Waffe auf Scott gerichtet. Hinten im Cockpit steht Colin. Offenbar gerade erst aufgewacht, fährt er sich mit den Händen durchs Haar und fragt:
"What's going on?"
"Our friends here were trying to **escape**. You **fell asleep**, you idiot!"
Pete hört, wie ihm Scott etwas zuflüstern will, das er nicht versteht. Aber er gibt ihm Zeichen, die Pete deutet, als: Lauf! Verschwinde! Dann bist wenigstens du in Sicherheit!
Aber Pete läuft nicht. Wie zur Salzsäule erstarrt steht er hinter dem Baum. Was tun?
Er kann Scott doch nicht alleine lassen. Ihr Plan ist gescheitert, ein neuer muss her. Sein Kopf schwirrt

---

Freeze! Keine Bewegung!
to escape fliehen
to fall (fell, fallen) asleep einschlafen

und brummt und der einzige Gedanke, den er zu fassen kriegt, ist vielleicht verrückt, aber er könnte ihnen den Kragen retten. Er zieht die Hose aus, rollt sie zusammen und versteckt sie neben den Schuhen im hohen Gras.

"Hey, Colin! Look in the cabin and see whether the kid is still in there", bellt Sammy durch die Nacht. "And you, Scott, you be a good boy and come right back to the boat if you don't want serious trouble!"

Auf dem Boot hört man Schritte die Treppe nach unten ins Innere der Kajüte, dann die dumpfe Stimme von Colin:

"He's gone!"

"Where's the kid?!", brüllt Sammy Scott an. "Where is he?"

"What's going on?", fragt Pete mit unschuldiger Kleine-Jungen-Stimme und kommt hinter dem Baum hervor. "Can't I even have a pee in peace?"

"Hey Colin, he's here!", ruft Sammy über seine Schulter. "Why didn't you pee off the boat?"

"I was **embarrassed**."

"And what's Scott doing here? He had to go at the same time as you? What a **coincidence**!"

---

to be embarrassed sich genieren
coincidence Zufall

"I was looking for him", sagt Scott. "I saw he wasn't in his sleeping bag and I got worried. He's my **responsibility**, after all."
"You were trying to escape!"
"I wouldn't **run away** without my trousers!", erwidert Pete.
"Get back on board, both of you!", ruft Colin. "And don't do anything stupid!"
Scott und Pete müssen sofort in die Kajüte. Die Luke im Vorderdeck und die Luke am Niedergang vom Cockpit werden verschlossen.
Colin und Sammy streiten sich noch, geben sich gegenseitig die Schuld dafür, eingeschlafen zu sein.
Pete legt sich in seinen Schlafsack, als Scott ihm mit leisem Vorwurf zuflüstert:
"Why didn't you run? At least one of us would have been safe. You could have **fetched** the police!"
"I couldn't", sagt Pete nur. "I couldn't leave you alone with those two!"
Scott lächelt, wühlt sich in seinen Schlafsack und knufft Pete noch einmal freundschaftlich in die Seite.
"You're my **hero**!"

He's my responsibility. Ich habe die Verantwortung für ihn.
to run away weglaufen
to fetch holen
hero Held

Die Wende

Die Sonne schickt einen ersten schrägen Strahl durchs Kajütenfenster genau auf Petes Gesicht. Er wacht auf, rekelt sich und gähnt. Scott schläft noch. In der Ferne hört er das Knattern eines Außenbordmotors, das langsam näher kommt.
Die Sonne kriecht bald auch durch die Bullaugen. Es wird immer heller in der Kajüte und auch seine Gedanken lichten sich.
Das war leider kein Traum gestern.
Wie schön wäre es, denkt Pete, wenn jetzt nur Scott und er an Bord wären, so wie sie es geplant hatten. Die Jungfernfahrt, eine Nacht im Boot, am Morgen zuerst ein Bad, um wach zu werden, dann das Boot klarmachen und wieder raus aufs Wasser.
Er fragt sich, was Colin und Sammy da draußen wohl machen. Ob sie noch schlafen? Oder ob einer von ihnen noch Wache schiebt?
Pete hat keine Gelegenheit, lange seinen Gedanken nachzuhängen. Als er an dem lauter werdenden Brummen bemerkt, dass das Schiff mit dem Außenbordmotor immer näher kommt, geht plötzlich die Luke zum Cockpit auf. Für eine Sekunde sieht Pete den blauen Himmel, bevor sich Colins Gesicht in die Lukenöffnung schiebt.
"Hey, skipper!", ruft er. "Come up on deck!"
Scott regt sich mit einem leisen Ächzen.

Colin schaut Pete an.
"You too. Get up here on deck **right away**!"
"What's going on?" Scott gähnt, seine Haare sind völlig zerzaust. Er ist noch nicht so richtig wach und will sich wieder auf die Seite legen.
"Come up on deck!" Colins Stimme ist harsch und bestimmend, deutlich härter als gestern. "Now! Move!"
Pete und Scott sehen sich erschrocken an und schlüpfen, so schnell sie können, aus ihren Schlafsäcken. Als sie ins Cockpit kriechen, sehen sie durchs Schilf das Boot mit dem Außenborder zielstrebig auf sie zutuckern.

"Someone's coming!" Sammy packt Scott am Arm. "Colin and I are going into the cabin with the kid. Listen carefully, my friend. Don't make any trouble. Keep **whoever** it is away from us. I'll be watching you through the hatch. I can see and hear everything! Oh, and don't make the mistake of thinking that we don't understand German. I'm warning you – don't cause any trouble!"
Scott kratzt sich verschlafen am Kopf und blinzelt in die Sonne.
"It's a fisherman", sagt er. "What time is it?"

---

right away sofort
whoever wer auch immer

"Half past seven", antwortet Colin, der mit Sammy und Pete in der Kajüte verschwindet.
Die Luke zum Cockpit ist wieder geschlossen, aber durch einen Spalt kann Pete beobachten, wie der Fischer näher kommt. Er hört, wie der Motor in den Leerlauf geht, und sieht das Boot mit dem Bug ins Schilf gleiten.
"Hallo!", ruft der Fischer.
Scott sitzt im Cockpit, immer noch nicht ganz wach.
"Hallo!", wiederholt der Fischer.
Pete sieht, wie das alte Holzboot dicht neben der *Jackson One* zum Stehen kommt.
"Hey!" Die Stimme des Fischers klingt unfreundlich.
Scott tut so, als würde er ihn jetzt erst bemerken. Er hebt den Kopf.
"Guten Morgen!", sagt er.
"Was machst du hier?", fragt der Fischer.
"Ich sitze im Boot und will ablegen!"
"Weißt du nicht, dass es verboten ist, am Ufer der Herreninsel zu ankern und zu übernachten?"
"Doch", sagt Scott. "Aber ich habe keinen Anker geworfen und Übernachten kann man das auch nicht nennen."
"Hey, hey!" Die Stimme des Fischers wird schärfer. "Jetzt mal nicht frech werden. Wie ist dein Name? Und ich sehe an deinem Schiff keine Registrierungsnummer!"

"Brauch ich nicht. Das Schiff hat keinen Motor und ist nur sieben Meter lang."
Scott atmet tief durch. Jetzt ist er wach.
"Who is that idiot?", schimpft Sammy im Innern des Bootes. "If he doesn't disappear in the next few seconds I'm going to take care of him!"
"Calm down!", beruhigt ihn Colin. "He's a German fisherman; he takes it all very **seriously**. Scott will **deal with** him."
"Also, was machst du hier?"
"Ich hatte gestern Abend einen Schaden", sagt Scott. "Und es sah nach einem Gewitter aus. Da bin ich lieber ans rettende Ufer, bevor ich manövrierunfähig auf dem See herumtreibe."

"What does *manövrierunfähig* mean?", will Sammy von Pete wissen.
"**Disabled**", antwortet Pete.
"Unwetter!" Der Fischer lässt nicht locker. "So ein Quatsch! Es war der friedlichste Abend seit Wochen. Los jetzt, raus aus dem Schilf! Aber schnell! Ich werf dir eine Leine, dann zieh ich dich raus."
"Immer mit der Ruhe", sagt Scott.

---

seriously ernst
to deal with sb sich um jdn kümmern
disabled manövrierunfähig

"Nichts mit der Ruhe! Es ist verboten, hier im Schilf zu liegen. Ich werf dir jetzt die Leine zu und du verschwindest hier!"
"Ich brauch keine Leine. Ich schaff das auch so", antwortet Scott entschieden.
"Du kommst da jetzt sofort raus! Hopp, hopp!"
"Is he crazy?" Sammy kann nicht mehr an sich halten. "If he doesn't stop it, he'll get to know my gun!"
Das muss der Fischer gehört haben. Er wirft einen Blick auf die Kajüte und fragt misstrauisch: "Ist da noch jemand?"
"Ich bin allein."
"Aber ich hab doch Stimmen gehört."
"Da ist niemand."
"Fang jetzt die Leine!"
"Ich fang keine Leine!"
"Oh, man!" Sammy schlägt die Luke zurück und steht an Deck. "You idiot! Hörst du nicht, was er sagt? Er schafft das allein! **Piss off!**"
"Sie dürfen hier nicht liegen!", sagt der Fischer unbeirrt. "Ich ziehe Sie jetzt raus!"
Sammy hebt drohend die Pistole.
"Du verschwindest jetzt, klar?"
Mit aufgerissenen Augen schaut der Fischer auf die Waffe, geht mit seiner rechten Hand an den Außen-

---

Piss off! *(ugs.)* Verpiss dich!

border, setzt zurück, wendet und verschwindet, so schnell es sein altes Boot zulässt.
"What have you done?!" Colin springt wütend an Deck. "We're not in a film here, and you're not Bruce Willis! You **realize** he's going to call the police?"
"He **was bugging** me! I **couldn't stand** the idiot any more!", schreit Sammy aufgebracht.
Ängstlich lugt Pete nach oben ins Cockpit.
"We have to go after him!", sagt Colin mit Nachdruck. "We have to stop him!"
"How?", fragt Scott. "We've only got a paddle, and there's still no wind."
"Shit!"

Wütend wischt Colin mit einer ungehaltenen Armbewegung die Handtücher vom Kajütendach, die dort zum Trocknen liegen.
"What a **pile** of shit! It's only a question of time now until the cops show up. We have to get out of here! Come on, get ready to push off." Er winkt Pete hoch ins Cockpit. "Raise the sails. The wind will come **eventually**. Until it does, we'll paddle. We have to

---

to realize sth sich über etw im Klaren sein
to bug sb *(ugs.)* jdn nerven
to not be able to stand sb *(ugs.)* jdn nicht ausstehen können
pile Haufen
eventually irgendwann

get away from this **shitty** island – towards the road, or to the Hirschauer inlet."

Wortlos machen Pete und Scott das Boot klar. Die Stimmung ist am Boden.

Pete weiß nicht, was er davon halten soll. Einerseits schöpft er Hoffnung, dass die Polizei dieser Entführung jetzt endlich ein Ende bereitet, andererseits hat er Angst, Sammy könnte mit der Waffe in der Hand so nervös werden, dass tatsächlich noch eine Schießerei droht. Wo sollten sie dann hin? Die Kajütenwände waren ganz bestimmt nicht dick genug, um Pistolenkugeln abzuhalten. Jedenfalls wollte er es ungern drauf ankommen lassen, das auszuprobieren. Unsicher blickt er zu Scott.

Der stakt das Boot mit dem Paddel in tieferes Wasser, wo man das Schwert herunterlassen kann.

Dann machen sie sich beide daran, die Segel zu hissen.

"Have you finished?", tönt Sammy, dessen Augen immer noch starr auf das Fischerboot gerichtet sind, obwohl von dem nur noch ein kleiner Punkt zu sehen ist, der in Richtung Hirschauer Bucht verschwindet.

Das Großsegel ist oben und Scott belegt das Fall. Pete kämpft immer noch mit dem Vorsegel; die Leine, mit der er es hochziehen will, ist völlig verworren. Scott nimmt ihm die Leine aus der Hand und macht sich

---

shitty *(AE, ugs.)* beschissen

daran, das Durcheinander zu entwirren. Dabei flüstert er Pete leise zu:
“Calm down! We **mustn’t** let ourselves **get freaked out**. Let’s just continue like we have up till now.”
“Do you think the fisherman’s going to call the police?”
“Of course”, antwortet Scott. ”I did everything I could to make him suspicious, but Sammy was really a great help.”
“When you’ve finished, come back here!” Colin hat heute wirklich schlechte Laune. “If you’re feeling **lonely** and you want to talk, talk to us!”
“There’s nothing to talk about”, antwortet Scott beruhigend und hangelt sich mit Pete übers Deck zurück.
Sie sitzen zu viert im Cockpit und warten. Außer ihnen sind nur ein paar Möwen zu sehen, die über den Himmel ziehen. Noch keine Welle kräuselt den See und die frühe Sonne durchdringt die Morgenkühle. Eigentlich ist es ein wunderschöner Morgen, aber aufgeschreckt durch den Fischer sind Sammy und Colin überaus nervös und wittern hinter jedem winzigen Punkt am Horizont die Polizei.

---

must not, mustn't nicht dürfen
to get freaked out *(ugs.)* ausflippen
lonely einsam

Die Segel hängen leer und schwer wie nasse Handtücher zum Trocknen am Mast. Kein Lüftchen regt sich.

Nichts.

"What's with the wind?" Colin schaut in den Himmel. "Do you think there'll be any today at all?"

Fachmännisch begutachtet Scott ein paar einsame Wolkenfetzen, die träge über den Himmel ziehen.

"The wind will come. It should**n't take much longer**, then we'll have a nice breeze!"

"Yeah, yeah!" Sammy glaubt an gar nichts mehr. "Not much longer, then not only the breeze will come – the police will be here too! Come on, take the paddle and get us to the mainland! If you don't have an outboard motor, you'll have to do the work."

Ohne Widerrede holt Scott das Paddel unter der Bank hervor, setzt sich an den Rand des Cockpits und bringt das Boot mit kräftigen Zügen langsam in Fahrt. Kräuselnd beginnen kleine Bugwellen über den See zu wandern, die Segel schlagen träge am Mast.

Alles bleibt ruhig. Kein Motorboot, nur ein paar verschlafene Enten und Gänse. Colin wirkt schon wieder etwas ausgeglichener und kommt auf die Idee, ein Morgenbad zu nehmen.

---

to not take much longer nicht mehr lange dauern

“It calms you down!” Er zwinkert Pete zu und ist fast wieder so nett wie gestern. “Want to come? Going for a swim in the morning makes you think clearly.”
Pete will.
Die Sonne brennt zwar längst noch nicht so, dass man sich nach einer Erfrischung sehnen würde, aber sein Kopf ist von der unruhigen Nacht und von den Ereignissen heute Morgen völlig durcheinander. Ein Sprung in das frische, kühle Wasser könnte für Abhilfe sorgen.
Im Nu hat er sein T-Shirt über den Kopf gestreift und steht sprungbereit auf dem Kajütendach. Sammy holt Luft, um schon wieder loszumeckern, aber Colin bremst ihn.

“Leave him alone!”, sagt er. “Where would he go here, in the middle of the lake? If he couldn’t manage to escape last night, there’s no way he can do it now. Anyway, I’m in the water with him. You just keep watch on board.”
Noch bevor Colin sich ganz ausgezogen hat, ist Pete schon mit einem weiten Kopfsprung in den See getaucht.
Und wirklich: Das Wasser wirkt Wunder. Die Kälte durchströmt seinen Körper und in den wenigen Sekunden unter Wasser wäscht es Pete vorübergehend alle Sorgen und Ängste ab. Grünlich trüb, unheimlich ist es hier unten. Plötzlich hört er einen dumpfen Einschlag und sieht einen Wirbel von Luft-

blasen, den Colin bei seinem Sprung ins Wasser verursacht hat.

Wieder an der Wasseroberfläche lässt sich Pete für einen Augenblick auf dem Rücken treiben und atmet tief durch. Über ihm spannt sich der weite Himmel, der von Minute zu Minute klarer wird.

"Great, isn't it?", prustet Colin neben ihm und Pete merkt, dass auch ihm das Wasser guttut. Es sieht fast so aus, als wäre er wieder ganz der alte Colin.

Sie schwimmen ein Stück nebeneinander.

"Yeah", sagt Pete. "This was a good idea!"

Das ferne Geräusch eines Motorboots durchschneidet den friedlichen Morgen.

"Here they come!", kreischt Sammy. "The cops! In a motorboat! Fantastic!"

Umzingelt

"Go back!" Colin packt Pete kräftig am Arm. "Get back on board, quick!"
Ein noch entferntes, aber gleichmäßig anschwellendes Brummen erfüllt die Luft. Pete schaut auf und sieht ein Motorboot, das auf sie zuhält. Es ist noch weit weg, am anderen Zipfel der Herreninsel. Es scheint aus Prien zu kommen. Pete ist klar, dass es in wenigen Minuten da sein wird.
Mit gemischten Gefühlen schwimmt er zurück zum Boot. Alle Ängste sind mit einem Schlag wieder da. Einerseits freut er sich darüber, dass endlich Hilfe kommt, andererseits hat er Angst, dass Sammy jetzt vollends durchdreht.

"Move faster!", schnauft Colin neben ihm.
Sie erreichen das Boot. Während Colin sich allein an Bord zieht, braucht Pete Scotts Hilfe dazu.
Hektik kommt auf. Sammy, Colin und Scott reden wild durcheinander.
"Now we're really **in a mess**!" Colins Stimme klingt sehr vorwurfsvoll.
"Shit! It was your stupid idea with the boat. We never should have **set foot on it**!", schimpft Sammy.
Das Motorboot kommt immer näher.

---

to be in a mess in der Tinte sitzen
to set foot on sth etw betreten

"We'll manage!" Scott nimmt das Paddel.
"Do exactly like before, with the fisherman", befiehlt Colin. "Don't do anything stupid. We'll be down below with Pete. He's our hostage. What happens next **depends on** you, Scott."
Colin verzieht sich mit den beiden anderen in die Kajüte.
"It was Sammy who made trouble with the fisherman", bemerkt Scott nur und beginnt mit dem Paddel das Boot auszurichten, in der Hoffnung, die Segel könnten sich vielleicht doch noch mit einem Lüftchen füllen, von dem bis jetzt noch nichts zu spüren ist.
Colin ist nervös und atmet schnell. Durch den Spalt in der Luke sehen sie, wie das Motorboot immer näher kommt.
"This is **ridiculous**!", sagt Colin plötzlich. "They mustn't come anywhere near us! Give me the gun!"
Sammy sagt nichts und gibt ihm widerspruchslos die Pistole. Er späht angestrengt durch den Spalt in der Luke.

to depend on sb von jdm abhängen
ridiculous lächerlich

"We have to keep them away from us. If we don't **force** them to **keep their distance**, they'll come on board! Shit! Shit! Get away from there, kid!"
Er zieht Pete an der Schulter zurück, klappt die Luke zum Cockpit auf und schiebt ihn vor sich her nach draußen. Kurz darauf folgt Sammy.
"Change of plan!", sagt Colin zu Scott. "We're not going to let them get too close. You go down into the cabin. Sammy and I will take care of things up here."
"But why? We wanted …"
"Shut up! Do as I say! Get down below!"
Der Ernst in Colins Stimme und die Pistole in seiner Hand machen unmissverständlich deutlich, dass er keinen Widerspruch duldet. Scott tut, was ihm befohlen wurde.
"Don't be afraid", sagt Colin in Petes Ohr, während er ihn wie einen Schutzschild vor sich herschiebt. Aber es klingt nicht sonderlich beruhigend.
"Dammit!" Sammy ist eindeutig überfordert. "What are we going to do? They're getting closer and closer."
"Keep calm", sagt Colin. "Let them get close enough to see us. Then they'll **get the picture**!"
Plötzlich ist er wieder ruhig.

---

to force zwingen
to keep one's distance auf Distanz bleiben
to get the picture *(ugs.)* (es) kapieren

Keine zweihundert Meter ist das Boot jetzt noch entfernt. Es ist größer, als Pete gedacht hatte, fast wie ein kleines Hochseeboot. Es wird langsamer, das Dröhnen des Motors nimmt ab. Er erkennt drei Mann an Bord.
Colin hebt den Arm und streckt die Waffe in die Luft. Der Schuss kommt so unerwartet und ist so laut, dass Pete vor Schreck die Beine versagen und er sich hinsetzen will.
Doch Colins kräftiger Arm hält ihn aufrecht.
Das Polizeiboot stoppt seine Fahrt, sinkt tiefer ins Wasser, das Motorengeräusch erstirbt fast ganz, nur noch ein tiefes, leises Grummeln ist zu hören und mit dem letzten Schwung treibt es weiter auf die *Jackson One* zu.
"Kein Stück weiter!", schreit Colin mit starkem amerikanischem Akzent über Petes Kopf hinweg und hält die Waffe deutlich sichtbar hoch. In etwa fünfzig Metern Entfernung legt das Polizeiboot den Rückwärtsgang ein und stoppt die Fahrt nun vollständig.
Pete sieht, wie einer der Polizisten sich ein Megafon an den Mund hält und in ihre Richtung ruft:
"Geben Sie auf! Es hat keinen Sinn! Sie können nicht entkommen!"
"Forget it!" Colin stellt seine Forderungen. "Bring us a motorboat with a cabin, leave us a car with a full tank in the old Recreation Center, and give us **safe**

conduct. If you do that, nothing will happen to the boy."
"You will not get away – **give yourselves up**!", fordert der Beamte, diesmal auf Englisch.
"Didn't you understand me? Those are our **demands**", beharrt Colin und Pete merkt, wie ihn dessen kräftiger Arm noch fester packt.
Als keine Antwort vom Polizeischiff kommt, wiederholt Colin seine Frage.
"Yes!", kommt es durch das Megafon vom Polizeiboot. "Yes, don't worry! We understand. We have to speak to our **superiors** about your demands."
"Do that!", ruft Colin.

"What's going on up there?" Scott in der Kajüte wird unruhig. "Can I come up?"
"You stay where you are and **keep your mouth shut**! Don't even think of **sticking** your head **out**!", faucht Sammy.
Sammys Nerven flattern. Pete ist froh, dass die Waffe im Augenblick in Colins Hand ist, aber auch der ist sichtlich unruhig. Kein Wunder. Die Lage ist ziemlich hoffnungslos für die beiden. Ohne Wind, ohne

---

safe conduct freies Geleit
to give oneself up aufgeben
demand Forderung
superior Vorgesetzte(r)
to keep one's mouth shut *(ugs.)* seine Klappe halten
to stick (stuck, stuck) **out** rausstrecken

Motor in einem Segelboot und die Wasserpolizei direkt vor sich.
"What's going on?", fragt Sammy ungeduldig. "What are they doing?"
"They're calling their superiors, you heard them", antwortet Colin. "Don't worry, they'll give us what we want. They don't have a **choice**. We have hostages."
Sie schweigen. Endlose Minuten verstreichen. Fast eine halbe Stunde.
"Hey!", ruft Colin. "What's going on?"
Aus weiter Ferne, aus der Richtung, aus der das Polizeiboot gekommen ist, hören sie plötzlich erneut Motorengeräusche und dann auch noch von der anderen Seite, von Osten, dort, wo Chieming liegt. Sie kommen näher.
"They're bringing us the motorboat!", freut sich Colin. "Hear it? I told you they'd give us what we asked for."
"Could be", sagt Sammy. "But I can hear several boats. And they're coming from different **directions**. What's going on?"
"I don't know. **Let's wait and see.**"

---

choice Wahl
direction Richtung
Let's wait and see. Warten wir mal ab.

Pete spürt immer noch Colins festen Griff um sich, er klopft auf Colins Unterarm.
"Can you **let go** a little?"
"Sorry!" Colin lässt mit dem Druck nach. "I'm just nervous. You understand, don't you? You're our **trump card**. **As long as** we have you, they'll leave us alone."
"I understand", sagt Pete.
Es dauert nicht lange, bis zwei weitere Boote bei ihnen angelangt sind. Sie drosseln die Motoren und kommen auf beiden Seiten des ersten Polizeiboots im gleichen Abstand zum Stehen. Komischerweise sind immer noch Geräusche von Außenbordern zu hören, nur leiser noch, von weiter weg.
"What are they doing? It's a whole damn **armada**! They're coming to get us!" Sammy haut mit der Faust auf die Sitzbank. "Shit!"
"They won't do anything as long as we have hostages", sagt Colin. Er bemüht sich, so überzeugend wie möglich zu klingen, aber es gelingt ihm nicht ganz, seine Nervosität zu verbergen. "Let them come. They're not getting any closer than fifty metres from our boat."

---

to let go loslassen
trump card Trumpf
as long as solange
armada Kriegsflotte

"What are you doing now?", schreit Colin übers Wasser. "Give us what we asked for! I'd **advise** you to do it if you don't want the hostages to get hurt."
"Just a minute!", quäkt es durchs Megafon.
"What do you mean, just a minute?!", schreit Colin. "You've **been stalling** us. You've got **back-up** on the way and God knows what else. Where's our motorboat? And what about the car? Is it going to **work out**? Huh?"
Binnen weniger Minuten ist die *Jackson One* von sechs Motorbooten umringt und obendrein zieht ein Polizeihubschrauber dicht über ihren Köpfen seine Bahnen.
"We'**re surrounded**!", wimmert Sammy. "Do something!"
Soweit es Colins Griff zulässt, sondiert Pete die Lage. Was sich hinter ihm auf der anderen Seite abspielt, kann er nicht sehen, aber in seinem Blickfeld tummeln sich vier Boote. Außerdem kann er beobachten, dass die Unruhe auf der Wasseroberfläche nicht nur von den Bugwellen der Boote stammt, er hört es am Flattern der Segel. Wind kommt auf. Erst schlagen

---

to advise raten
to stall sb jdn hinhalten
back-up Unterstützung
to work out klappen
to surround umzingeln

die Segel, dann füllen sie sich mit Wind, das Boot neigt sich zur Seite und nimmt langsam Fahrt auf.
“Is the wind picking up?”, fragt Scott aus der Kajüte.
“Yes!”, ruft Colin nach unten. “At last. Come on up, Scott, sail your ship!”
Scott kommt nach oben.
“What's going on here?” Er staunt nicht schlecht, als er die vielen Boote sieht, die die *Jackson One* umlagern.
“Yes.” Colin lächelt gekünstelt. “We've got visitors. Unfortunately, we can't invite them to breakfast. **We're getting out of here.** Sail your boat through that **gap** over there. You can do that, can't you?”

Colin zeigt in die Richtung, in der die Polizeiboote die größte Lücke lassen.
“Keep your distance!”, schreit er den Booten zu. “Fifty metres! No closer!”
Pete hört sein Handy klingeln. Es steckt in Colins Hose, die auf einer der Bänke im Cockpit liegt.
“My phone!”, sagt er. “That must be my parents. They want to know how I'm doing!”
“You're doing fine!”, sagt Colin knapp. “We don't have time to talk on the phone now.”
Während sie durch die Lücke gleiten, ruft Colin zu den Polizeibooten hinüber:

We're getting out of here. Wir verschwinden von hier.
gap Lücke

"What's going on? Are you going to **meet** our **demands**?"
"It's going to take a while to get the car!", kommt es durchs Megafon.
"What about our motorboat?"
Keine Antwort.
Sie sind gerade durch die Lücke durch, als plötzlich eines der Boote auf die *Jackson One* zusteuert. Darin sitzen Leute in ganz normaler Freizeitkleidung mit Kameras um den Hals. Zwei Frauen und vier Männer.
"What do they want?", will Sammy wissen.
"We're not the police!", ruft einer der Männer. "We're journalists. Would you give us an **exclusive interview** ?"
"Stay at least fifty metres away, like the other boats. No interviews!"
"Can we at least talk to one of the hostages?"
"Are you **deaf**? No interviews!"
"How long have you had the hostages? Who are they? What exactly are your demands? Where do you want to go?"
Ein Schuss in die Luft beendet das nervige Gefrage und die Reporter drehen eingeschüchtert ab.

---

to meet a demand eine Forderung erfüllen
exclusive interview Exklusivinterview
deaf taub

Sturmwarnung

Der Wind frischt auf und die *Jackson One* segelt Richtung Süden auf das Ufer zu, dahin, wo die Autobahn dicht am See entlangführt. Ihre Verfolger bleiben im vorgegebenen Abstand hinter ihnen.

“How’s the wind?”, fragt Colin. “Are we going to make it to the Recreation Center?”

“The wind’s getting stronger, but it’s not coming from the right direction”, sagt Scott. “So we have to tack for a while. We’ll make it, though. We should be there in an hour, maybe a little longer.”

Wieder klingelt Petes Telefon in Colins Tasche. Pete würde zu gerne rangehen und seiner Mutter sagen, dass es ihm gut geht, dass sie sich keine Sorgen zu machen braucht. Ihm ist aber auch klar, was für einen Quatsch er da denkt. Er ist als Geisel von zwei bewaffneten Bankräubern auf einem Boot, umzingelt von Polizisten. Da soll sich seine Mutter keine Sorgen machen?

“Can I answer?”, fragt er.

Colin wechselt den Arm, mit dem er Pete festhält. Nun hat Pete die Pistole direkt vor den Augen. Colin angelt mit der freien Hand nach seiner Hose. Er kommt nicht ran und fordert Sammy auf, ihm das klingelnde Handy zu geben.

Sammy gibt ihm das Handy, doch statt es an Pete weiterzugeben, damit er mit seiner Mutter sprechen kann, nimmt Colin das Gespräch selber an.
“Yes”, sagt er. “No, you can’t talk to him right now … He’s fine … You did what? Saw us on TV …? Then you know he’s fine. He’s got nothing to **fear**. Don’t worry.”
Das Gespräch ist beendet.
“Of course my mother’s worried! What else did she say?”, fragt Pete.
“She saw you on TV”, antwortet Colin.
“On TV? Really?”
“Yeah. The TV people must be here too. Maybe they filmed us from the helicopter”, sagt Colin. “Hey, we’re famous!”
Sie haben jetzt schon eine bemerkenswerte Geschwindigkeit, vier bis fünf Knoten, schätzt Scott. Die Bugwelle wird größer und plätschert lauter. In ihrem Gefolge fährt inzwischen eine kleine Flotte, mehrere Boote mit Polizei und eins mit Journalisten, wie ein Rudel mit dem Leittier.
“I need someone on the **jib**!”, sagt Scott. “We’re going to have to tack soon if we want to head for the Recreation Center.”

---

to fear fürchten
jib Fock

"Sammy!", befielt Colin. "You help Scott! I don't want to let Pete go. We don't want these two getting any stupid ideas."
Nach ein paar Minuten wenden sie. Das Schiff geht durch den Wind, der Baum schlägt auf die andere Seite und die Segel füllen sich wieder. Das Boot nimmt erneut Fahrt auf und das Rudel hält Kurs.
"How long are we going to have to **keep doing** this?", nörgelt Sammy. "Are we just going to **criss-cross** the lake forever? I'm thirsty. What about the **getaway car**? Is it ready? Something's got to happen. I'm not here for a **sailing course**!"
"Hello! Hello!" Das größte Polizeiboot hat etwas zu ihnen aufgeschlossen. Das Megafon ist gut zu verstehen. "We're going to call you now on Pete Smith's phone. Please answer. Then we can **negotiate**."
Schon klingelt Petes Telefon. Colin nimmt das Gespräch an.
"What about the getaway car? What about it? What do you mean, in two hours? … What? … Okay – that car **had better be** at the Recreation Center in two hours' time … If it isn't, I can't **make** any **guar-**

to keep doing sth etw weiter tun
to criss-cross kreuz und quer herumfahren
getaway car Fluchtwagen
sailing course Segelkurs
to negotiate verhandeln
had better be soll gefälligst

antees about the hostages' safety. Is that clear? … No, they can't talk to you right now. Use your binoculars, you can see that they're fine."
Colin beendet das Gespräch und steckt das Handy wieder in die Hosentasche.
Das große Polizeiboot bremst stark ab und ein anderes Boot kommt längsseits. Pete sieht, wie zwei Menschen hinüberklettern. Das Polizeiboot beschleunigt wieder, ein Krächzen, ein Fiepen aus dem Megafon und dann hört Pete die Stimme seiner Mutter.
"Please let my son go!" Sie versucht gefasst zu klingen. "He's only a child. He's done nothing to you! Please!"
Dann die Stimme seines Vaters.
"Take me instead. Let Pete go and take me as your hostage! I'll take his place!"
Colin brüllt nur ein lautes "No!" und macht mit den Armen ausladende Bewegungen, die die Absage unterstreichen sollen.
"No!", ruft auch Sammy, der die Vorschot in den Händen hält. Er tut das so verkrampft, als würde er sich daran festhalten. Ohne Waffe ist er definitiv keine große Bedrohung mehr. Und jetzt, umgeben von der Polizei auf dem schwankenden Deck eines Segelboots unter Wind wirkt er eher bemitleidenswert.

---

to make a guarantee garantieren

Aber Pete ist schlau genug, sich keinen falschen Hoffnungen hinzugeben. Er weiß, dass Sammy immer noch gefährlich und unberechenbar ist, auch wenn es im Augenblick nicht den Anschein hat.
"Are we supposed to cross the lake for two hours, **back and forth** like a team of ducks?" Colin scheint der Situation auch heitere Seiten abgewinnen zu können.
Die *Jackson One* hat jetzt richtig Fahrt drauf.
"We couldn't get there much earlier, anyway", bemerkt Scott nüchtern. "The wind is coming from the direction we want to go in. We'll have to tack a lot to get there."

"Well, at least we've got something to do!", sagt Colin.
Mit geblähten Segeln kreuzt die *Jackson One* unentwegt auf dem Wasser hin und her, auf dem sich inzwischen auch ein paar andere Segelboote zu tummeln beginnen. Sammy muss dabei wohl oder übel den Vorschotmann geben. Hinter ihnen die Armada der Verfolger, die jeden Richtungswechsel nachvollzieht, und über ihnen der Hubschrauber.

Es wird immer wärmer und verspricht ein heißer Tag zu werden. Sammy hat Durst und beklagt, dass die Getränkevorräte zu Ende sind.

---

back and forth hin und her

Die Situation ist unverändert und Pete findet, dass es schon fast etwas Komisches hat, wie sie da übers Wasser ziehen, immer hin und her, hin und her, mit einem Tross von Motorbooten im Schlepptau.
Da schreckt Scott mit einem Mal hoch. Sein Gesichtsausdruck und sein Tonfall verraten Besorgnis.
"Uh-oh!"
Es folgt eine kleine Pause und dann verkündet er: "The weather's changing. We're going to have a storm."
Er deutet mit einer Kopfbewegung in den Himmel.
Colin, Pete und Sammy sehen eine dunkle Wolkenwand, die sich von Westen her über das Blau des Himmels schiebt. Und Pete bemerkt, dass der Wind stärker wird und die Temperatur gefallen ist.
Sammy deutet auf verschiedene Punkte am Ufer und fragt: "What are all those **blinking** lights on the shore?"
"**Storm warning**", sagt Scott trocken.
"What do you mean, storm warning? Does that mean the storm's going to **hit** before we make it to the Recreation Center?" Sammy ist ganz blass geworden.

---

to blink blinken
storm warning Sturmwarnung
to hit *hier:* losbrechen

"Well", meint Scott, "it won't be long before the weather changes completely. Strange – the weather report said it would be nice all weekend."
Colin macht ein besorgtes Gesicht: "You're sure we're going to have a storm?"
Scott verzieht das Gesicht und wiegt nachdenklich den Kopf. "I can't say for sure", meint er schließlich. "I just know it's not going to stay like this. It's going to get windier and we might have some rain. It could happen quickly, but the weather might stay like this for a while. Hard to say."
Ein paar Minuten später ist allen klar, dass es schnell gehen wird. Die schwarzen Wolken fliegen nur so heran, schieben sich über die Sonne und verdunkeln den Himmel. Es wird schlagartig kälter und der schärfere Wind lässt sie frösteln.

Aber es bleibt keine Zeit, sich groß Gedanken wegen der Temperatur zu machen.
Scotts Verhalten zeigt ihnen, dass es ernst wird. Mit energischem Ton weist er Sammy an, das Vorsegel ein wenig zu fieren, die Vorschot ein wenig nachzulassen.
"What do I do?" Sammy ist mit den Bedingungen komplett überfordert.
"**Give** the rope in your hand a little bit of **slack**!"

---

to give slack nachlassen

"Where's the life jacket?" Je weiter sich das Boot zur Seite neigt, um so unruhiger wird Sammy und um so mehr klammert er sich an die Bank. "I want the life jacket!"

"It's under the bench", sagt Scott. "But give the foresail a bit more slack first."

Sammy gibt dem Vorsegel mehr Leine und das Boot richtet sich wieder ein wenig auf. Dann sucht er mit der einen Hand unter der Bank nach der Schwimmweste, während er mit der anderen unverändert die Vorschot mit festem Griff umklammert hält.

Colin lässt für einen Moment von Pete ab, nimmt Sammy die Leine aus der Hand und knurrt ihn an.

"Hurry up with that life jacket!"

Sammy zerrt hektisch die Schwimmweste unter der Bank hervor, streift sie über und schafft es überraschend schnell, die Weste anzulegen und sie richtig zu fixieren, ohne sich dabei zu verheddern.

"Oh, you've learned something, then!", sagt Colin. Er wendet sich grinsend zu Scott um und für einen kurzen Augenblick wirken die beiden wie ein eingespieltes Team.

Sammy, sauer über diesen unnötigen Kommentar, nimmt die Vorschot wieder entgegen.

"Give it to me, **smart ass**!"

---

smart ass *(AE, ugs.)* Klugscheißer(in)

Der Wind fegt böig über das Deck und Scott wendet sich an Colin, der sich im Cockpit an die Kajütenwand stemmt und Pete als Schutzschild vor sich hält. "Pete should put on the other life jacket", sagt Scott. "I'm **responsible for** him and you can see how stormy it is. Is that okay with you?"
Colin runzelt die Stirn, überlegt kurz, schließlich nickt er.
"Okay", sagt er. "Where's the other life jacket?"
"In the cabin under the bench on the right. It's just like the one Sammy has on."
"Okay! I'll go down below with the kid."
Das passt Sammy ganz offenkundig überhaupt nicht.
"Hey, you can't leave me alone up here! What happens if they shoot me?"
"Why would they shoot you?", fragt Colin. "As long as I'm here with Pete and have him as a hostage, they won't do anything!"
Während Colin mit Pete in der Kajüte nach der Schwimmweste sucht, beobachtet Scott sorgenvoll den dramatischen Wetterumschwung. Es ist schon richtig dunkel geworden und die blinkenden Warnlichter am Ufer wirken noch Unheil verkündender.

---

responsible for verantwortlich für

"We have to **shorten the sails**!", sagt er. "This could get quite **nasty**."
Sammy war die ganze Zeit über schon blass im Gesicht, doch jetzt wechselt die Farbe ins Grünliche.
"What does 'shorten the sail' mean?", will er wissen.
"Make the sail smaller", gibt Scott Auskunft. "It's normal **procedure** when there's a storm."
"Dammit!" Sammy klammert sich noch fester an die Vorschot. "I want out of here!"
Als Colin und Pete wieder nach draußen kommen, hat der Himmel sich zu einem bedrohlichen Schwarz verdunkelt und der Wind, der jetzt schon zu einem echten Sturm angewachsen ist, peitscht das Spritzwasser übers Deck. In geringer Höhe donnert der Hubschrauber über sie hinweg, fliegt einen Kreis und dreht in einem großen Bogen Richtung Norden ab.
Sammy ist mit der Vorschot von der Sitzbank auf den Boden des Cockpits hinuntergerutscht und verharrt da mit angezogenen Beinen und geschlossenen Augen.
Die *Jackson One* neigt sich beängstigend zur Seite. Die Sicht wird immer schlechter und schwere Regentropfen klatschen aufs Deck.

---

to shorten the sail das Segel reffen
nasty *hier:* gefährlich
procedure *hier:* Maßnahme

Obwohl die Verfolger auf stabilen Motorschiffen unterwegs sind, haben auch sie mit dem Unwetter zu kämpfen. Der Sturm peitscht ihnen genauso das Wasser ins Gesicht und die Wellen, die sich auf dem Wasser türmen, schaukeln die Boote und ihre Mannschaften kräftig durch. Auf den Booten, die keine Kajüte zu bieten haben, sind die Menschen dem Wetter schutzlos ausgeliefert.
Scott ruft Colin und Pete ans Ruder.
"I need to shorten the mainsail!", schreit er in den Wind. "Set the storm sail and **pull in** the foresail! We have too much **sail surface** for this wind. You two take the helm!"

Scott kämpft sich zum Mast vor.
"Turn into the wind!", schreit er nach hinten.
"What?", brüllt Colin zurück.
"Turn into the wind!", wiederholt Scott.
"Turn the bow in the direction from which the wind is coming", klärt Pete Colin auf und drückt bereits das Ruder herum.
"**Pull** the mainsail **tight**!", schreit Scott.
Im letzten Moment packt Colin die Großschot, die schon über Bord gehen wollte, und zieht sie stramm. Der Baum ist fixiert, nur das Segel flattert noch.

---

to pull in *hier:* einholen
sail surface Segelfläche
to pull tight *hier:* dichtholen

Scott refft das Segel. Geschickt wie ein Zirkusartist lässt er es mit dem Großfall ein Stück nach unten, fängt mit dem freien Arm das flatternde Tuch und wickelt es um den Baum.
Unglaublich gewandt ist er wieder mit zwei Schritten zurück im Cockpit. Mit einem stolzen Grinsen sagt er: "The *Jackson One* is ready for the storm." Und übernimmt wieder das Ruder.
"**I want off of here**!", wimmert Sammy. "I want off of this **godforsaken** boat!"

I want off of here! *(AE, ugs.)* Ich will hier runter!
godforsaken *(ugs.)* gottverlassen

Mast- und Schotbruch

Die *Jackson One* stampft jetzt mit stark reduzierter Besegelung durch die Wellen. Ein winziges weißes Dreieck, halb so hoch wie der Mast, das ist alles, worin sich der Wind fangen kann. Das Vorsegel ist ganz eingeholt. Dennoch neigt sich das Schiff stark zur Seite.

Colin hat Pete losgelassen und die Pistole in einer seiner Taschen verstaut. Er braucht beide Hände, um sich an Bord festhalten zu können. Die *Jackson One* schaukelt wie wild durch die Wellen.

Pete klammert sich an die Reling und blickt zurück zu der Flotte, von der sie nach wie vor verfolgt werden. Die drei kleineren Boote scheinen abzudrehen. Aber es bleiben immer noch die zwei größeren, die in etwa gleichbleibendem Abstand hinter ihnen herfahren.

Der Hubschrauber ist nicht wieder aufgetaucht. Das merkt auch Colin. "Damn storm!", schimpft er. "But we have to think positive. At least the helicopter and some of the boats have disappeared."

Scott nickt nur wortlos. Er konzentriert sich ganz auf das Boot und das Wetter.

"Well", sagt Colin. "Your sailing boat is having a **baptism of fire.** Will it **hold up**? What do you think?"
"Of course it'll hold up", antwortet Scott. "But I'd like to look in the cabin again and check to see if it's leaking. I should have done that a while ago."
"Okay", sagt Colin. "You do that! I'll be at the helm."
"I'd rather Pete were at the helm", sagt Scott. "He has more experience."
Colin nickt und schlägt Pete aufmunternd auf den Rücken.
"You heard what the skipper said. Take the helm!"
"Aye, aye captain!" Pete strahlt.
Er übernimmt das Ruder und Scott geht nach unten, von wo man ihn laut, aber unverständlich vor sich hin fluchen hört.
"I need help!", brüllt er nach oben. "Sammy, can you help me? The boat is leaking more than I thought it would."
Sammy hat sich längst aufgegeben. Wortlos kriecht er zur Luke und will nach unten steigen. Am Eingang aber drückt ihm Scott einen Eimer in die Hände.

---

baptism of fire Feuertaufe
to hold up durchhalten

"The best thing would be if you just stay where you are. **Kneel** or sit, take the **bucket** and tip the water overboard."

"Okay, okay!"

Sammy nickt apathisch. Er ist nur noch ein Häufchen Elend.

"Don't be afraid", sagt Scott. "We'll be fine. The boat doesn't have a hole in it. It's normal for a wooden boat to leak the first time it takes to the water."

"Give me the bucket!", sagt Sammy gepresst und streckt seine Hand aus.

Scott reicht ihm den Eimer.

Alles läuft wie geschmiert. Scott schöpft in der Kajüte unter den Bodenbrettern das Wasser heraus, Sammy schüttet es mit Schwung über die Reling. Das Ruder ist in sicheren Händen.

Das Schiff stampft und schaukelt, legt sich schief, ächzt, aber kämpft sich tapfer durchs aufgewühlte Wasser.

Durch den Sturm dringt ein Krächzen und Fiepen. Irgendjemand scheint ihnen etwas durch das Megafon zurufen zu wollen, aber es ist kein Wort zu verstehen. Zu laut pfeift ihnen der Wind um die Ohren. Erst als die Rufe mehrmals wiederholt werden, hören

---

to kneel (knelt, knelt) (hin)knien
bucket Eimer

sie, dass die Polizei die Bankräuber zur Aufgabe auffordert.
"You're **in distress**! Let us come **alongside**! Give yourselves up!"
Colin gibt durch wildes Winken zu verstehen, dass sie nicht daran denken.
"Stay on course!", sagt er zu Pete.
Dann ruft er in die Kajüte zu Scott: "Are we really going to make it to the Recreation Center? We're going in the wrong direction!"
Scott schaut aus der Luke und schüttelt den Kopf.
"With these sails and this wind we can't keep tacking. The best thing would be to stay on course, go with the wind, and head for Seebruck."
"Seebruck?", fragt Colin nach. "Okay then. We can tell them to take the car there. I'll call them."
Er greift sich Petes Handy, das immer noch in seiner Tasche steckt, drückt die Rückruftaste und fragt Pete mit einem Augenzwinkern:
"You don't mind, do you? I'll pay your **phone bill**."
Pete grinst zurück, klar, Geld genug haben die beiden ja. Aber er sagt nichts, sondern konzentriert sich auf seine Aufgabe. In der linken Hand hält er mit aller Kraft die Großschot, die er je nach Bedarf und

---

in distress *hier:* in Seenot
alongside längsseits
phone bill Telefonrechnung

Bö fiert, während er mit der rechten Hand das Ruder kontrolliert.
Plötzlich durchschneidet ein greller weißer Blitz die Luft, gefolgt von einem markerschütternden Donnerschlag, der die Planken vibrieren lässt und dann in allen Richtungen über den See hinwegrollt.
"Oh no, not that too!", schreit Sammy, während er einen weiteren Eimer Wasser über die Reling kippt.
"Hello! Hello? Can you hear me?" Colin hält sich das Telefon dicht ans Ohr. "Okay ...? Listen! The car ... Don't take it to the Recreation Center, take it to Seebruck ... Are you there ...? The wind won't let us ... Seebruck, yeah. Park the car on the bridge so that we can see it ... A red BMW ... Are you there ...? Yes, okay, a red BMW. Park it on the bridge. And don't try to stop us. Understand?"
Colin beendet das Gespräch und nickt.
"So?", fragt Sammy. "What did they say?"
"They're putting a red BMW on the bridge over the Alz in Seebruck. We'll dock beside the bridge, then we'll all get in the car. When we're safe, we'll let Scott and Pete go. Got it?"
"Where can we land near the bridge?", fragt Pete. "There's only the dock and the **marina** and **neither** of them are near the bridge."

---

marina Jachthafen
neither weder das eine noch das andere

"We'll land near the bridge. We'll do it!"
Scott wiegt zweifelnd den Kopf.
"It'll be hard!", sagt er und reicht Sammy einen weiteren Eimer.
"It may be hard, but we'll do it. We'll land beside the bridge!" Colin legt alle Entschlossenheit, zu der er fähig ist, in seine Stimme.
"Right, that's enough for now!" Scott kommt wieder ins Cockpit hoch. "I'll check again later."
Gut, dass er genau jetzt wieder an Deck ist. Denn gerade als er das Ruder wieder übernehmen will, drückt eine unglaublich starke Bö das Boot zur Seite, fährt mit aller Kraft in das gereffte Segel, das Pete mit den klammen Fingern seiner linken Hand nicht mehr halten kann. Die Großschot entgleitet ihm, mit einem Ruck gibt der Baum nach und Scott kann die Schot gerade noch packen.
"Let me do it!", brüllt er durch den Wind. "You just **hold on tight**."
Scotts ganzes seglerisches Können ist nun gefordert. Die Böen werden immer heftiger. Blitz und Donner brechen in immer kürzeren Abständen über sie herein. Ein geruhsamer Sonntagsausflug ist das nicht mehr.

---

to hold on tight sich festhalten

"We'**re going down**!", schreit Sammy. "I think I'm going to **throw up**!"
"We're not going down!" Scott hat trotz aller Widrigkeiten sein Schiff sicher im Griff.
Das imponiert Colin sichtlich. Er sitzt an die Wand der Kajüte gedrückt, den Arm schützend um Pete gelegt, und beobachtet die Verfolgerflotte, die es auch nicht leicht hat. Nur die größeren Polizeiboote mit ihren schweren Metallrümpfen trotzen dem Wetter unbeeindruckt.
Wie gut, denkt Pete, dass seine Eltern auf einem dieser Boote sind und nicht auf einem der anderen, die offen und dem Unwetter deutlich stärker ausgesetzt sind.
In Anbetracht der Lage geht es Pete eigentlich gar nicht so schlecht. Colins sorgenvolles und Sammys von Panik gezeichnetes Gesicht zu sehen, das baut ihn auf. Und er spürt, dass er auf dem Schiff keine Angst zu haben braucht. Er vertraut Scott und er vertraut sich selbst und seiner Erfahrung immer mehr. Zwar hat er ein solches Unwetter auf dem Wasser noch nicht erlebt, aber zu einer Seglerlaufbahn gehört das dazu. Und bis jetzt haben sie sich wirklich gut geschlagen.

---

to go down *hier:* untergehen
to throw (threw, thrown) up *(ugs.)* sich übergeben

Ihre Position ist in der Zwischenzeit östlich der Herreninsel, dort wo der See am weitesten ist. Ihr Kurs ist Seebruck, auch wenn von dem kleinen Ort im Augenblick nichts zu sehen ist, erst recht nicht von der Brücke, auf der das Fluchtauto wie vereinbart geparkt werden soll.

Von den Verfolgern bleiben jetzt nur noch die zwei großen Polizeiboote mit Aufbau übrig. Die anderen drehen nacheinander ab.

Der heftige Wind kommt von achtern und treibt das Boot vor sich her. In der Ferne ist verschwommen die Küste unter einer dichten Wolkendecke zu sehen, aus der immer wieder Blitze zur Erde schießen.

Der Donnerhall lässt aber immer länger auf sich warten. Wenigstens das Gewitter ist offenbar zum größten Teil vorübergezogen, denkt Pete. Und er spürt, wie ihm das Segeln jetzt richtig Spaß zu machen beginnt. Vorwindkurs ist bei diesem Sturm das Sicherste.

Sie halten auf ihr Ziel zu. Und jetzt, wo es auf die Weite des Sees hinausgeht, sieht Pete, dass die abgezogenen Polizeiboote den Steg der Herreninsel ansteuern.

"Not bad!" Auch Colin bemerkt das. "We're **shaking** them **off**. Only the two big ones are left, but we'll lose them too."

---

to shake sb off jdn abschütteln

"Even if we do", antwortet Scott, "they know where we're heading."
Sie fliegen jetzt förmlich dahin, die schlimmsten Böen scheinen hinter ihnen zu liegen und Pete freut sich, als Scott ihm wieder das Ruder übergibt. Angesichts ihrer eigenartigen Situation kommt es ihm fast verrückt vor, dass er sich freuen kann, aber das Schiff zu steuern ist genau das, was er jetzt braucht.
"I'm going to **bail** some more water **out** of the boat now", sagt Scott. Und an Sammy gewandt, der in sich zusammengesunken auf dem Boden kauert, sagt er: "Would you please help me one more time?"
Sammy nickt apathisch, aber er scheint doch zumindest ein wenig Vertrauen zu Scott und dem Boot gefasst zu haben. Mit halbwegs sicherem Griff nimmt er den Eimer entgegen, den Scott ihm immer wieder aus der Kajüte reicht. Es sieht so aus, als würde auch er sich über eine Aufgabe freuen, die ihn ablenken kann.
"It's not as much as I expected", sagt Scott beruhigend. "The boat is getting more and more waterproof!"
Pete hält inzwischen die *Jackson One* auf Kurs. Colin hat sich so dicht neben ihn gesetzt, dass er ihn im Ernstfall blitzschnell als Schutzschild benutzen kann. Immer wieder dreht sich Pete nach den Booten um.

---

to bail out ausschöpfen

Es ist lange her, dass dort einer nach dem Megafon gegriffen oder auf seinem Handy angerufen hat.
Sie sind nicht mehr weit von der Küste entfernt. Seebruck ist nun schon gut zu erkennen. Auf dem See sind längst keine anderen Segelboote mehr zu sehen, sie haben die blinkenden Warnlichter ernst genommen.
Scott steht im Cockpit und Sammy sitzt erstaunlicherweise nicht mehr auf dem Boden, sondern auf der Bank.
"That's Seebruck! I can see the bridge."
"Yeah!", sagt Colin mit einem missmutigen Unterton.
"But I don't see a red BMW", sagt Sammy. "The **bastards** didn't bring us the getaway car!"
"I can see that!"
Colins Augen funkeln zornig. Er nimmt Petes Handy und ruft die Polizei auf den Verfolgerbooten an.
"What are you doing? Where's the getaway car? What ...? What do you mean, you're having some problems? The driver had an accident? Is that supposed to be a joke?! Then put another car on the bridge! We're almost there!"
Der Jachthafen ist schon gut zu erkennen, auch die Brücke, unter der die Alz wegfließt.
"What should I do?", fragt Pete. "Clear to tack?"

---

bastard *(Slang)* Scheißkerl

"No, don't tack!", schreit Colin. "Don't tack, **whatever** you do!"
"Give it to me, I'll take over!", sagt Scott und geht ans Ruder.
"But stay on course!", wiederholt Colin.
"Then we have to pull the sail in and see where we can land!"
"If there's no car there, we can't land!", schreit Colin.
"But what do we do?", fragt Pete. "The bridge is right **up ahead**!"
"Damn!" Sammy starrt mit irrem Blick auf die Brücke, dann nach hinten, wo ihnen die beiden Polizeiboote nebeneinander immer noch nachsetzen.
"Damn!", wiederholt Sammy da. "We're **trapped**!"
"Shit!", zischt Colin. "Where's the car?"
"What do I do?", schreit Scott. "We're going to **ram** the bridge! The mast is too tall – we won't **fit** under it!"
"You stay on course!", schreit Colin. "We're going under the bridge!"
"But the mast will **break off**!", schreit Scott. "I'm not doing that! Anyway, the Alz is too shallow!"

---

whatever egal was
up ahead da vorne, weiter vorn
trapped in der Falle
to ram rammen
to fit passen
to break off abbrechen

"You do what I say." Die Pistole in Colins Hand unterbindet jede weitere Diskussion. "We'll go under the bridge. We'll just have to **sacrifice** the mast!"
"What if we **get stuck**?", schreit Pete.
"We won't. At this **speed**, the mast will **snap off** like a **match**."
"That's crazy", versucht Scott Colin von seinem Vorhaben abzubringen. "It's **way too** risky!"
"**Don't talk back**!" Colin hebt die Waffe.
"Colin!", schreit Sammy. "Are you sure this will work?"
"It's our only chance", antwortet Colin. "You said it yourself: we're trapped! Once we get under the bridge we'll be rid of the police boats. They can't get through!"
Mit unverändert hoher Geschwindigkeit jagt die *Jackson One* auf die Brücke zu.
Colin gibt jetzt die Kommandos.
"Stay exactly in the middle of the bridge, where there's most space above the water. The **body** of the

---

to sacrifice opfern
to get (got, got) stuck stecken bleiben
speed Geschwindigkeit
to snap off abbrechen
match Streichholz
way too *(ugs.)* viel zu
Don't talk back! Keine Widerrede!
body *hier:* Rumpf

boat will fit under it there. And I'm warning you, don't try anything stupid!"
"But my boat …!", versucht es Scott ein letztes Mal. Aber da ist die Brücke schon zu nah.
"Pete! Get below deck!", schreit Scott.
Blitzschnell verschwindet Pete in der Kajüte und beobachtet das Geschehen durch die Luke. Er sieht, wie die drei im Cockpit ängstlich abwechselnd auf den Mast und auf die Brücke schauen.
"Pete! Pull up the fin!", schreit Scott nach unten, und genau in dem Augenblick, in dem Pete sich am Schwertkasten zu schaffen macht und das Schwert nach oben ziehen will, kracht es ohrenbetäubend, ein enormer Ruck schleudert ihn nach vorne, dann folgt ein schwerer dumpfer Knall auf dem Kajütendach.
Durch die geborstene Luke sieht Pete den Mast auf dem Deck liegen. Das Segel treibt halb im Wasser, halb liegt es auf dem Schiff. Und die Stangen am Mast hängen sinnlos in alle Richtungen herum.
Das dunkle Gewölbe der Brücke schiebt sich über sie hinweg, einen Moment später sind sie untendurch.
"Everything okay?", schreit er nach oben.
"Yes! … No! My beautiful boat!"

Kopfsprung

Pete klettert durch zerbrochenes Holz, Segeltuch und verhedderte Takelage nach oben. Ein Bild der Verwüstung.
"Is everything really okay?"
"Yes", kommt von Scott die Antwort. Es klingt ziemlich deprimiert.
"Are you okay too?"
"Yes."
Colin sitzt auf der Backbordseite neben dem gefallenen Mast. Auf der Steuerbordseite sitzt Scott und schaut traurig auf die Bescherung.
"It looks pretty bad", sagt Pete. "Where's Sammy?"
Unter einem Haufen zerwühlten Segeltuchs regt sich was und mit einem leisen Stöhnen kriecht Sammy hervor.
"Oh man! Oh man! This boat was a terrible idea!"
"Does it hurt?", fragt Pete.
Sammy reibt sich den Kopf.
"Could be worse."
"Oh, come on", sagt Colin. "That little mast."
"Very funny!"
Pete blickt zur Brücke, auf deren anderer Seite die Polizeiboote wegen ihrer hohen Aufbauten stoppen mussten. Auf der Brücke stehen jetzt ein paar Polizisten, die hektisch und ratlos in ihre Funkgeräte sprechen.

Hier auf dem Fluss, hinter der Brücke, abgeschirmt durch das Uferschilf und die Bäume, ist es windgeschützt. Auch die Wellen sind nur noch klein und flach. Das Boot treibt mit der Strömung dahin und entfernt sich mehr und mehr von dem tobenden See. Pete legt die Schwimmweste ab.

Scott ist die Verzweiflung ins Gesicht geschrieben. Wie unter Schock umklammert er immer noch das Ruder, achtet aber nicht auf den Kurs, sondern lässt das Boot einfach treiben. Seine ganze Souveränität, mit der er sie so sicher über den See gesegelt hat, ist verschwunden.

Sammy ist einfach nur froh, noch am Leben zu sein und den verdammten See hinter sich zu haben. Auch dass sie die Verfolger abgeschüttelt haben, gefällt ihm offensichtlich.

Colin traut dem Frieden allerdings nicht so ganz. Er späht über das Ufer und über den Fluss, der vor ihnen liegt.

"Is it dangerous here on the river?", will er von Scott wissen.

Scott antwortet teilnahmslos: "Two kilometres **downstream** there's a **dam**."

"A dam!", wiederholt Colin. "We'll be off the boat by then. We'll land somewhere, head into the bushes, then into the forest, and we're gone."

---

downstream flussabwärts
dam Wehr

Am Ufer, ein gutes Stück hinter ihnen, taucht plötzlich ein Polizeiauto auf. Es holpert über einen Feldweg.
“Shit! They’re not giving up!”
Aber Colins Sorge ist verfrüht. Die Polizei kommt nicht weit. Der Weg endet in einer sumpfigen Wiese, in der das Auto bis zur Achse im Matsch stecken bleibt. Die Polizisten versuchen es noch zu Fuß, geben aber bald auf.
Scott ist aus seiner Schockstarre erwacht und gibt Pete mit einer kleinen Kopfbewegung in Richtung Flusswasser zu verstehen, dass er an Flucht denkt, an einen gewagten Sprung ins Wasser. Pete nickt unmerklich, um sein Einverständnis zu signalisieren.
“I have to go down below again”, sagt Scott zu Colin. “The river’s pretty shallow here. If the boat’s leaking, we’ll be too **low** in the water. We don’t want to **run aground**! Pete, help me.”
Colin hat nichts dagegen, dass Scott unter Deck geht und Pete Sammys Aufgabe übernimmt, das Wasser mit dem Eimer über Bord zu schütten.
Aber darum geht es Scott nicht wirklich. Kaum ist er in der Kajüte und Pete an der Luke, verständigen sie sich kurz mit leisem Flüstern.

---

low *hier:* tief
to run aground auf Grund laufen

"Listen!", wispert Scott. "There's a **curve** up ahead. We'll probably **drift** close to the shore. And I know that right before the curve there's a big **tree trunk** in the water. A tree that fell during the last storm. That's our big chance. Both of us should stay on the **port** side. When I give the signal, jump into the water and **dive** down until the boat has drifted further downstream. Then we can **surface** again. The tree trunk will **protect** us – we'll be safe. We can get back on land and it'll all be over. Okay?"
"Okay", flüstert Pete. "Let's do it!"
Scott kommt wieder nach oben, schüttelt den Kopf und sagt zu Colin:
"Everything's fine. We didn't take on any water."
Colin nickt nur stumm und lässt seine Augen nicht vom Ufer. Aber die Polizei ist nirgends zu sehen.
"How far is it to the dam?", fragt er.
"A while yet", antwortet Scott und begibt sich auf die Backbordseite des Bootes.

---

curve Kurve
to drift treiben
tree trunk Baumstamm
port Backbord
to dive tauchen
to surface an die Oberfläche kommen
to protect sb jdn (be)schützen

"Pete!", ruft er. "Could you pull the sail into the boat? Half of it's **hanging** in the water – it's **slowing** us **down**. Go up on top of the cabin and pull it on board. It's hanging over on the port side."
"Okay!", sagt Pete und will schon aufs Kajütendach, da hält Colin ihn zurück.
"Wait!", sagt er. "What are you doing?"
"Scott says I should pull in the sail. Didn't you hear him?"
"No. What sail? The mast is broken."
"The piece of sail that's hanging in the water. It's slowing us down."
Colin mustert Scott, überlegt kurz und gibt schließlich sein Okay.
Pete steigt auf das Kajütendach. Sein Herz klopft.
Während er sich bemüht, das Segel ins Boot zu ziehen, schielt er seitlich flussabwärts. Die Kurve ist nicht mehr weit, der Baumstamm im Wasser deutlich zu sehen, keine hundert Meter mehr ist er entfernt. Petes Herz schlägt immer wilder und er versucht, sich mit einem tiefen Atemzug zu beruhigen.
Er muss sich jetzt auf die Show mit dem Segel konzentrieren. Das Timing muss stimmen. Er darf nicht zu früh damit fertig sein, es heranzuziehen, sodass er die letzten Meter bis zum Baumstamm nicht tatenlos

---

to hang hängen
to slow down bremsen

auf dem Kajütendach steht. Dann würde Colin sicher merken, dass sie was im Schilde führen. Er darf aber auch nicht zu langsam machen, sodass es danach aussieht, als würde er es nicht schaffen.
Mit langsamen, kraftvollen Bewegungen zieht Pete das Segel an Deck.
Es sind nur noch wenige Meter bis zu dem Baumstamm vor der Kurve. Pete kann ihn jetzt deutlich sehen. Und es stimmt: Der Baumstamm bietet einen guten Schutz, wenn das Schiff mit Colin und Sammy weitergetrieben wird. Dann können ihnen auch Schüsse nichts mehr anhaben. Aber dass Colin wirklich auf sie schießen würde, das glaubt Pete sowieso nicht.

Er verständigt sich jetzt mit kurzen Blicken mit Scott, in dessen Gesicht die volle Konzentration zu lesen ist. Wann wird er das Zeichen zum Springen geben?
Pete beobachtet, dass Scott zwar am Ruder steht, aber dass das Schiff kaum auf den Rudereinschlag reagiert. Die *Jackson One* ist ein Teil des Flusses, der Strömung. Man müsste rudern, paddeln oder einen Motor haben, um in der Strömung erfolgreich manövrieren zu können. Pete bemerkt, dass sie sich genau in Richtung Ufer bewegen. Die Strömung treibt sie dorthin. Weit ist es nicht mehr. Pete lauert wie ein Hundertmeterläufer vor dem Startschuss. Aus den Augenwinkeln beobachtet er Sammy, der seltsam starr, beinahe trübsinnig auf der Backbordbank sitzt und auf der

anderen Seite des gefallenen Mastes das Ufer nach möglichen Verfolgern absucht.
Da gibt Scott das Zeichen.
Eine ruckartige Kopfbewegung Richtung Wasser.
Scott wartet. Pete soll zuerst.
Colins Aufschrei hört er nur zur Hälfte, dann gurgelt nur noch das trübe Wasser um ihn herum.
Sein Sprung war flach, aber kraftvoll. In Umrissen sieht er durch das grünliche Wasser die Unterseite des Stammes. Sein Atem reicht, um dort hinzutauchen, noch ein paar Sekunden zu warten und dann im Schutze des Baumes wieder an die Wasseroberfläche zu kommen.
Scott ist neben ihm und lächelt ihn an. Sie atmen tief durch und lugen vorsichtig über den Baumstamm. Weit entfernt sehen sie die *Jackson One* um die Flusskurve treiben. An Deck stehen Colin und Sammy und beschimpfen sich lauthals.
Pete und Colin schlagen ihre nassen Handflächen gegeneinander.
“We did it!”
Jetzt müssen sie nur noch durch den weichen Boden des Flusses waten und ans Ufer klettern.
Ein letzter Blick auf die *Jackson One*, wie sie hinter der Flusskurve verschwindet, und sie gehen an Land. Es regnet nicht mehr und der Sturm hat aufgehört. Am Horizont im Westen macht sich schon ein heller

weißer Streifen bemerkbar, der wieder schönes Wetter verspricht.
Sie müssen über eine große Wiese, auf deren anderer Seite stoßen sie auf einen aufgeweichten, schlammigen Pfad, dem sie folgen, bis vor ihnen ein Polizeiauto steht, das bis zu den Achsen im Matsch festsitzt.
Zwei Tage später sitzen Pete, Scott und ihre Eltern auf der Terrasse der Jacksons und Colin und Sammy im Gefängnis. Was war geschehen?
Hinter der Kurve bekam Sammy Panik, mit dem Boot das Wehr hinunterzufallen, und sprang, als sie in Ufernähe waren, einfach über Bord. Er vergaß sogar die Beute und zappelte wie verrückt im Wasser herum, weil er Angst hatte zu ertrinken. Das wäre gar nicht nötig gewesen, denn er hatte ja noch die Schwimmweste an. Abgesehen davon war das Wasser so flach, dass er auch hätte stehen können.
Ein paar Minuten später kam Colin mit der Beutetasche hinter ihm her und zerrte ihn an Land. Gemeinsam versuchten sie sich durch die Wälder und über die Felder in den nächsten Ort durchzuschlagen, um dort irgendwie ein Auto zu kapern, mit dem sie ihre Flucht fortsetzen könnten. Aber weit kamen sie nicht.
Kaum waren sie durch ein Maisfeld auf eine größere Straße gekommen, liefen sie der Polizei in die Arme. Erschöpft, wie sie waren, ließen sie ihre Beute einfach fallen und hoben die Hände.
Jetzt sitzen sie in Untersuchungshaft.

Das Boot ist das Wehr hinuntergestürzt und leider vollkommen zerstört.
Scott will ein neues bauen. Die *Jackson Two*. Es wird genauso sein wie die *Jackson One*. Die Pläne hat er ja noch.
"I'll help you!", sagt Pete und lacht. "But we should make sure we have a second paddle on board this time."

Kleines Seglerlexikon

Achtern – aft, stern
Achtern ist der Bereich des Bootes, der hinter der Mitte liegt, auch Heck genannt.

Anker – anchor
Mit einem Schiffsanker befestigt man ein Schiff auf dem Grund eines Gewässers. Meistens ist der Anker ein schweres, hakenähnliches Gebilde, das mit einer Leine oder Ankerkette mit dem Schiff verbunden ist.

Außenbordmotor – outboard motor
Ein Außenbordmotor (oder kurz: Außenborder) ist ein Schiffsmotor für kleine Boote. Auf Segelbooten wird er als Ersatzantrieb eingesetzt, also beispielsweise bei ➜ *Flaute*

Backbord – port (side)
Backbord bezeichnet die linke Seite eines Schiffes, vom Heck zum Bug in Fahrtrichtung betrachtet. Das Gegenteil ist ➜ *Steuerbord*.

Backstag – back stay
Ein Drahtseil, das das Heck mit der Mastspitze verbindet. Es dient zur Stabilisierung des Mastes in der Längsachse nach hinten.

Baum – boom
Der Baum auf einem Segelschiff ist ein runder, horizontaler Balken, an dem das ➜ *Unterliek* des Großsegels befestigt ist. Der Baum ist an seinem vorderen Ende beweglich mit dem Mast verbunden und vom ➜ Cockpit aus mit der ➜ *Großschot* zu bedienen. Mit der Schot kann die Stellung des Baumes beeinflusst und so das Großsegel ausgestellt oder dichtgeholt werden.

Block – block
Einfache oder doppelte Umlenkrolle zum Dichtholen des ➜ *Vorsegels*.

Bug – bow, prow
Der Bug ist das strömungsgünstig geformte Vorderteil eines Schiffs. Das Gegenteil ist das ➜ *Heck*.

Cockpit – cockpit
Bei einem Segelboot ist das Cockpit meistens im ➜ *Heck* untergebracht. Zum Schutz vor Wind und Wasser ist es niedriger als das Deck. Hier befinden sich der Steuerstand und die Sitzbänke. Von hier aus wird das Boot gesteuert und werden die Segel bedient. Meist sind die Bänke rund um den Steuerstand so angeordnet, dass man das Boot sowohl stehend als auch sitzend steuern kann.

Deck – deck
Der obere horizontale Abschluss (sozusagen der „Deckel") eines Schiffsrumpfes. Auch das begehbare Dach von Aufbauten (Kajüte) wird Deck genannt.

Fall – halyard
Die Leine, die zum Hochziehen und Herunterlassen eines Segels benutzt wird. Es ist am obersten Punkt eines Segels angebracht, dem sogenannten Segelkopf, und läuft über eine Umlenkrolle auf der Spitze des Mastes zurück an Deck.

Großschot – main sheet
Das Seil, mit dem der ➜ *Baum* bedient wird.

Großsegel – mainsail
Das Segel, das am Mast einer Segeljacht gefahren wird, bzw. das dort direkt angebracht ist. Das waagrechte untere Ende des Großsegels (➜ *Unterliek*), ist am ➜ *Baum* befestigt.

Heck – back
Der hintere Teil eines Schiffs. Das Gegenteil ist der ➜ *Bug*.

Jolle – dinghy
Traditionelle Bezeichnung für verschiedene Arten kleinerer Ruder- oder Segelboote mit flachem Bootsboden. Segeljollen verfügen über ein bewegliches ➜ *Schwert*.

Jollenkreuzer – cruising dinghy
Größere ➜ *Jolle* mit ➜ *Kajüte* und Schlafplätzen.

Kajüte – cabin
Der Wohn-, Aufenthalts- oder Schlafraum auf einem Schiff. Die Kajüte auf einem Jollenkreuzer hat selten Stehhöhe, bietet aber meist Schlafplätze für zwei bis vier Personen.

Koje – berth
Der Schlafplatz auf einem Schiff.

Luke – hatch
Eine Öffnung im Schiffsrumpf oder Deck, die mit einem Deckel verschlossen werden kann.

Mast – mast
Eine vertikale, hoch aufragende Konstruktion aus Holz oder Metall, an der das → *Großsegel* mit dem → *Vorliek* befestigt ist. Zusätzlichen Halt bekommt der Mast durch die → *Stage*.

Niedergang – hatch, or door to the cabin
Eine Treppe, die ein Deck mit einem tiefer gelegenen Deck verbindet bzw. vom → *Cockpit* in die → *Kajüte* führt.

Pinne – tiller
Ein langer Hebel, mit dem das → *Ruder* bedient wird. Die Pinne ist oberhalb des → *Decks* mit dem Ruderschaft verbunden und dient der Steuerung des Segelbootes. Auf größeren Schiffen wird die Pinne oft durch ein Steuerrad ersetzt.

Reffen der Segel – to shorten sails
Das Verkleinern der Segelfläche. Beim Reffen wird das Großsegel mit kleinen Leinen, den sogenannten Benzeln, zu einem großen Teil um den → *Baum* gewickelt. Gerefft wird ein Segel meistens, wenn schlechtes Wetter mit Sturm bevorsteht. Die verkleinerte Segelfläche vermindert den Druck des Windes auf ein Segel. So lässt sich verhindern, dass das Segelboot zu viel Schräglage bekommt und kentert.

Regatta – regatta
Bootswettrennen. Regatten gibt es nicht nur für Segler, sondern auch für andere Sportboote, etwa für Ruderboote und Kanuten.

Reling – railing
Ein Geländer um das → *Deck* herum. Es besteht meist aus Stützen, die mit einem Drahtseil verbunden sind.

Ruder – rudder
Die Steuerungsvorrichtung zur Richtungsänderung auf dem Wasser. Am Ruder ist die → *Pinne* befestigt.

Saling – crosstree, spreader
Eine quer zum → *Mast* angebrachte Aluminiumstange in der oberen Hälfte des Mastes, die die seitlich nach oben führenden → *Stage* spreizt.

Schiffsrumpf – body, hull
Der "Körper" eines Bootes, der ihm die Schwimmfähigkeit verleiht. Es gibt Segelboote mit einem oder mit zwei Rümpfen. Letztere nennt man Katamarane. Den unter Wasser liegenden Teil des Schiffskörpers nennt man Unterwasserschiff.

Schoten – sheets
Die Leinen, mit denen die Segel im richtigen Winkel zum Wind eingestellt werden. Mit der → *Großschot* wird vom Cockpit aus das → *Großsegel*, mit der → *Vorschot*

das → *Vorsegel* bedient. Am Segel sind die Schoten an einer Ecke an einer Öse befestigt, dem sogenannten Schothorn.

Schwert – fin, skeg
Eine parallel zur Fahrtrichtung senkrecht durch den → *Schiffsrumpf* ins Wasser geschobene Platte aus Stahl oder Holz, die bewirkt, dass das Boot während der Fahrt auf Kurs bleibt und nicht abtreibt. Der Tiefgang des Schwerts kann normalerweise stufenlos verstellt werden. Das erleichtert das Manövrieren bei geringer Wassertiefe. Ein verstellbares Schwert ist von einem Schwertkasten umgeben.

Stag – stay
Drahtseile, die die Mastspitze mit allen Seiten des Schiffsrumpfes verbinden und so den → *Mast* stabilisieren.

Steuerbord – starboard
Die rechte Seite des Schiffs, vom → *Heck* zum → *Bug* in Fahrtrichtung betrachtet. Das Gegenteil ist → *Backbord*.

Takelage – rig, masts & rigging
Das Tauwerk, das die Masten hält, und die zur Bedienung der Segel notwendigen Leinen, → *Falle* und → *Schoten*. In dem Begriff enthalten sind für gewöhnlich auch die Segel, Masten, Blöcke und Beschläge.

Unterliek – foot of the sail
Die Unterkante des Segels.

Verklicker – fly or wind indicator
Der Windanzeiger, ein kleines Fähnchen auf der Mastspitze, der die Windrichtung angibt.

Vorliek – luff
Die lange, senkrechte Kante des Segels.

Vorschot – jib sheet
Die Leine, mit der das Vorsegel bedient wird.

Vorsegel – foresail
Die Segel, die vor dem Mast gefahren werden. Je nach Bootsgröße und Wind gibt es verschiedene Vorsegel. Auf kleineren Segelbooten wird hauptsächlich die Fock verwendet. Das Vorsegel ist mit vielen Haken am → *Vorstag* befestigt. Mit zwei → *Vorschoten*, die an der unteren Ecke des Segels befestigt sind und jeweils an der Backbord- und der Steuerbordseite des Schiffes über eine Umlenkrolle laufen, ist es vom → *Cockpit* aus zu bedienen.

Vorstag – forestay
Ein Drahtseil, das die Mastspitze mit dem → *Bug* des Segelschiffs verbindet und so den → Mast in der Längsachse nach vorn stabilisiert. Am Vorstag wird auch das → *Vorsegel* mit Haken befestigt.